Armin Foxius

AF178784

Köln ist nicht Berlin

Geschichten und Erzählungen
aus der rheinischen Metropole

© 2018 Armin Foxius

Verlag & Druck: tredition GmbH, Hamburg

ISBN
Paperback: 978-3-7469-5362-5
Hardcover: 978-3-7469-5363-2
e-Book: 978-3-7469-5364-9

Zwei Studentinnen in einer Berliner S-Bahn.
Die eine: Kommst du aus Neu-Kölln?
Die andere: Nä! Aus Richtig-Köln.

Vorbemerkung

Berlin ist nicht Köln. Das wäre ja noch schöner.

Wir wollen uns die Menschen, die mit dieser Stadt hier zu tun haben, einmal anschauen. Wie sie so daher kommen und sich geben. Ich habe das mal aufgeschrieben.

Köln ist eine deutsche Millionenstadt. Sie war im Mittelalter die größte Stadt nördlich der Alpen. Sie ist die einzige deutsche Stadt, die über 2000 Jahre, seit den Römern, bedeutend und eine Großstadt ist.

Sie war nie auf Dauer Hauptstadt von irgendwas. Warum auch? Im Selbstbewusstsein ihrer Bürger hatte sie das gar nicht nötig. So ist das bis heute. Man war und ist eben: KÖLN.

*

„Bei Durchsicht meiner Bücher". So nannte der große deutsche Schriftsteller Erich Kästner 1946 einen Auswahlband seiner bisherigen lyrischen Werke. Der war nötig geworden, weil auch seine Bücher 1933 von den Goebbels-Schergen in Berlin auf dem damaligen Opernplatz gegenüber der Universität verbrannt worden waren.

Mir gefiel der Titel schon immer gut. Ich will mich natürlich nicht mit Kästner und seinem Hintergrund vergleichen. Aber ich mache, was das Auswählen angeht, Ähnliches.

Ich habe meine Bücher durchgesehen, wie es auch ein bilanzierender Kaufmann tut. Ich bin meine bisherigen Bücher durchgegangen, und weitere Publikationen, hier und da und dort, in Zeitschriften, Anthologien, Gelegenheits- und Auftragsarbeiten. Alles Texte, die sich mit Köln und dem Rheinland befassen oder damit in Beziehung stehen. Einige Texte spielen im Gebiet der ehemaligen preußischen Rheinprovinz; dies ist wiederum eine Verbindung zu Berlin.

Es ist ein Sammelsurium geworden, eine Ansammlung von hochdeutschen Texten; was ich betonen muss, da ich ja auch im kölschen und rheinischen Dialekt schreibe.

Die Texte sind nicht chronologisch nach Erscheinungsdatum geordnet oder in Themengruppen zusammengefasst, nein, ich habe sie, wie schon in meinem Bändchen mit rheinischer Lyrik geschehen, alphabetisch sortiert, wie die Überschriften eben anfangen. So entstehen reizvolle und teilweise wunderliche Nachbarschaften.

Am Ende jeden Textes steht das Jahr der Erstveröffentlichung oder der Verfertigung (in Klammern).

Dieses Buch ist ein Loblied auf diese Metropole am Rhein. Aber es kann sein, dass sie es nicht merkt.

*

Einige kurze Anmerkungen zu einzelnen Texten:

Die Kölner Ringe ist ein erläuternder geschichtlicher Abriss als Anhang zu einem Fotokalender von Schülern der Ursula Kuhr-Schule in Köln-Heimersdorf.

Gestapo-Keller im EL-DE-Haus – Dies ist die Collage einer Auswahl von Wandinschriften in diesem Kölner Gestapo-Keller im Herzen der Stadt. Ich habe die Inschriften thematisch sortiert. Sie sind unkommentiert.

Kölnische Anekdote aus den Zeiten römischer Besetzung lehnt sich parodierend an Heinrich von Kleists berühmten Text „Anekdote aus dem letzten preußischen Kriege" an.

Quasi ein Nachwort – Als solches fungiert hier eine Rede des Schriftstellers, meines ehemaligen Deutschlehrers und Freundes Heinz Küpper, die er anlässlich der Vorstellung meines Buches „Dom mit Balkon" 2003 in Kölner studio dumont hielt.

Quirinus von Malmedy – Dieser Text ist einer der ersten, der von mir veröffentlicht wurde. Eine Übung in ironischem Umgang mit Frommem.

Malmedy im heutigen Ostbelgien ist eine Klostergründung durch den Kölner Bischof Kunibert. Jahrhundertelang gehörte Malmedy zur Erzdiözese Köln, politisch von 1815 bis 1918 zu Preußen.

Der Text ist eine Hommage an „Der Erwählte" von Thomas Mann. Und eine Erinnerung an den Deutschunterricht bei Heinz Küpper, in dem wir den „Gregorius" des Hartmann von der Aue behandelten.

Ursula Kuhr – Zwei Texte sind dieser vorbildlichen Kölner Lehrerin gewidmet, die sich als Schutzschild vor die ihr anvertrauten Schüler stellte und von einem Amokläufer getötet wurde. – Der erste Text wurde für den offiziellen Internet-Auftritt der nach ihr benannten Hauptschule im Kölner Norden geschrieben. Der zweite gibt den vom Autor verfassten Text der Gedenkplakette am Attentatsort am Gebäude der ehemaligen Volksschule in Köln-Volkhoven wieder. Der Text wird erläutert und begründet.

Besonders zu danken habe ich

- der Journalistin und Autorin Monika Salchert für ihr Vorwort,
- meinem Sohn Alexander für die Cover-Gestaltung (nicht nur dieses Buchs) und seine wertvollen Hinweise,
- Frau Christine Kolb und ihrem Schreibbüro für Textgestaltung, Layout und viele Hilfen.

Köln, im August 2018

Armin Foxius

Vorwort

„Schreib das auf, Foxius!" – Ja, ich weiß, der Satz gehört zu Egon Erwin Kisch. Der „rasende Reporter" war und ist Vorbild, Vordenker und Vorschreiber für Generationen von Journalistinnen und Journalisten. Seine Arbeit folgte einer ebenso einfachen wie genialen Formel. Er konnte zuhören, beobachten und einordnen.

Genau das zeichnet Armin Foxius aus. Auch er verschmilzt mit seiner Umgebung, wird eins mit der Handlung, saugt und klaubt alles auf, was der Alltag ihm serviert. Seine Momentaufnahmen präsentiert er uns in seinem Buch „Köln ist nicht Berlin."

Seine Sprache ist glasklar, schnörkellos und immer wieder überraschend. Kaum eine Geschichte endet so, wie es zu Beginn scheinen mag. Mein Favorit ist der Drehorgelspieler auf der Schildergasse. Hier zeigt sich eine weitere Stärke des Autors. Er liebt Menschen. Vor allem die mit den Ecken und Kanten. Die mit den schrägen Lebensläufen. Die, die an der Kante der gesellschaftlichen Normen balancieren und bei denen niemand sagen kann, ob und wann es kippt.

Armin Foxius ist zwar anders als sein Vater kein Journalist, sondern Lehrer. Aber er ist Kisch näher als manch einer, der diese Berufsbezeichnung via Visitenkarte ungefragt verbreitet. Ach ja, noch eins: Foxius fängt seine Leser mit klugem und feinsinnigem Humor, er verzichtet auf brachiale Auswüchse mit Schenkelbrecher-Qualität.

Danke dafür. Und für die „Drei Musketiere".

Monika Salchert

Die Texte

Also: Eigentlich

Das „Garmisch-Partenkirchner Tagblatt" vom 6. August 2003 meldet im Teil „Lokales München": „Kaufingerstraße gut besucht". Eigentlich. Stellt dann fest: „Die Kaufingerstraße liegt unter den am häufigsten besuchten Einkaufsmeilen Deutschlands auf Platz zwei."

Und muss dann zugeben: „Die Innenstadtstraße muss nur der Schildergasse in Köln den Vorrang geben."

In eben dieser Straße steht eines Nachmittags, nein, „steht" ist falsch, tanzt, hampelt, beugt sich vor und zurück, wirft den Kopf nach hinten, fuchtelt mit dem rechten Arm, mit dieser Hand, die einen Bogen führt, einen selbstgemachten Geigenbogen, mit faseriger Kordel bespannt, sticht damit zu, haut in die Luft, wedelt, weist, nimmt ihn als Florett, Brechstange und Baseballschläger, und führt ihn dann über die Saiten seiner Geige, lauscht in deren Korpus, in sich hinein, er schreit und bellt Worte, Liedfetzen, lacht, kölscht, schaut die Leute wie lieb an, schaut zwischendurch in eine aufgeschlagene dicke Kladde, mit handgeschriebenen Texten, auf der Schildergasse also tobt ein Irrwisch mit lichten Locken, einem Bart, einer

Brille mit runden Gläsern, einer verspeckten Weste, kurz: Klaus der Geiger spielt auf.

Er ist der bekannteste Straßenmusiker, nicht nur hier und in der Region. Kein alternatives Ereignis ohne ihn, und das seit zwanzig, dreißig Jahren. Er hat den größten Zulauf, seine Zuhörer und Zuschauer blockieren die Schildergasse in ganzer Breite, sie sind, wie bei der Altersangabe bei „Mensch ärgere Dich nicht", zwischen drei und neunundneunzig.

Seine Texte sind die der Aufmüpfigkeit und der Rebellion gegen die schreienden Ungerechtigkeiten in dieser Welt, die ekligen Nickligkeiten der kleinen Drecksäcke in der Nähe. Bei Jüngeren kommt das direkt an, Ältere und Alte zucken zurück, bleiben aber doch stehen, weil sie Klaus der Geiger kennen, weil sie fasziniert sind von diesem Rumpelstilzchen.

Ja, und dann kommt der Auftritt der älteren Damen aus dem Kölner Bürgerturm, die eigentlich abgestoßen vorbeieilen müssten. Tun sie aber nicht. Ihr Auftritt beginnt, wenn andere sich über den Straßenmusiker mokieren. Dann heben sie an und beginnen so, mit Leuchten in den Augen:

Also: Eigentlich heißt der Mann Klaus von Wrochem, und er ist ein richtiger Geiger, mit Examen, der hat Konzerte gespielt, der kennt die Podien der Alten Welt!

Und dieses Wissen und dieses Preisgeben lässt die Damen triumphieren: Das, was so proletarisch und plebejisch, ja, ordinär daherkommt, ist gar nicht das Eigentliche, nein, nein, das ist nur sowas, das anderes, wohl das Richtige verbergen soll.

Klaus der Geiger hat Fans, die er vielleicht eigentlich nicht will.

Also: Eigentlich wissen wir auch das nicht.

(2003)

Auf großer Fahrt

Mit der Vorgebirgsbahn unterwegs

Es ist eine Fahrt durchs Herz in einem jetzt fast unbekannten Land, vor nicht allzu langer Zeit, also in der alten Bundesrepublik.

Man wusste vom Ruhrgebiet, dessen Kohle man herausbrach und wo man Stahl kochte, dann von der evangelischen Tiefebene im Norden und dem schwarzen Block im Süden, und dann vom Osten; na ja, dem stellte man Kerzen ins Fenster.

Hier aber war die rheinische katholische Republik zu Hause.

km 0,0   Köln, Barbarossaplatz

Hier war der Kopfbahnhof der Köln-Bonner Eisenbahn durch Ville und Vorgebirge. Mit der KBE von der ehemals freien Reichsstadt in die ehemalige Residenz der Kurfürsten, Bonn. Der große Turm mit dem segelartigen Schwalbendach steht noch, Landmarke in der Stadt. Die Schalterhalle mit Warteraum und Gaststätte ist jetzt McDonald's. Die Linie 18 rauscht zweigleisig vorbei und hat die Aufgabe der Vorgebirgsbahn übernommen. Ein totes Gleis liegt überwuchert. Über eine Weiche ist es aber mit dem Schienenstrang verbunden. Bei Mäckes hängt eine Nährwerttabelle in Form eines Fahrplans.

Hier kamen die Bäuerinnen aus der Ville mit Kiep und Körben an, voll Kappes und Schavur. Hier kam in der Ubier- und Römerzeit das frische Quellwasser aus der Eifel an, hergeführt in einer gemauerten Leitung mit ständigem Gefälle von 1 %.

km 3,0   Köln-Klettenberg

Als die Läden noch um halb Sieben schlossen, und samstags um Zwei, konnten die Klettenberger und Sülzer im KBE-Bahnhof noch einkaufen. Das sah man als nah an und nicht weit weg wie den Hauptbahnhof.

km 4,7   Efferen

Ein Bahnhofsgebäude mit Gaststätte, kein Bahnhof mehr, ein Haltepunkt noch. Reiche römische Bürger hatten hier ihre Kammergräber, im Mittelalter unterhielt man am Duffesbach Mühlen und Schleifkotten. Bis vor Kurzem hatte RTL in der Nähe Studios.

km 6,3   Hürth-Hermülheim

Unsere Gleise sind vom Bahnhof weggerückt, dazwischen hat die DB ihre Trasse. Die große Bahn hält hier nicht.

km 8,2   Fischenich

In sichtbarer Ferne sieht man in feiner Linienführung die sich aus der Ebene entwickelnde Ville.

km 10,6   Vochem

Auf einem Nebengleis stehen vermodernde Güterwagen und ein alter Triebwagen der KBE.

km 11,7   Brühl-Nord

Ein kleiner Bahnhofsbau aus Backsteinen, verrammelt. Daneben ein Büdchen mit dem, was man hier so braucht, als Wartender, als Aussteigender. Auch Coffee to go.

km 12,3   Brühl-Mitte

Ein großer Klinkerbahnhof, mit Schalter noch und großer Gaststätte. Hier kann man Strongbow-Cider aus England trinken. Pendelbusse fahren zum Phantasialand hin und retour. Und alle wollen in der Gaststätte pinkeln. Es gibt keine öffentliche Toilette; die versiffe, wenn es sie denn gäbe; sagt man, vermutet man.

km 14,0   Badorf

Ein gemauerter Warteraum, ein Kiosk.

km 15,7   Schwadorf

An einem Haus weht eine große Fahne des 1. FC Köln. Hier ist FC-Land. Das Vorgebirge steigt an. Kirchturmspitzen davor und da drauf.

Ein leerer Bahnhof, daneben eine kleine Halle mit nicht genutzter Laderampe, Gras und Kraut sind schon dran.

km 16,6   Walberberg

Ein Haltepunkt. Hier war bis vor Kurzem ein sehr berühmtes und bedeutendes Dominikanerkloster. Seine Mönche waren gefragte Berater Konrad Adenauers und Helmut Kohls, ein Braintrust der alten Bundesrepublik. War das nicht nach Jahrhunderten wieder ein fast katholischer Staat auf deutschem Boden? Böll mochte sie nicht, die alten Inquisitoren. Aber milde waren sie geworden, Intellektuelle. Es gab Tagungen für Manager, Politiker und Schüler. Sie kennen sich aus in dieser Welt, setzen hier und da Akzente, Gedankenstützen.

Sie haben ein Netzwerk. Ein Klassenkamerad, der hier einen Onkel hatte, wurde Priester. In den Neunzigern starb er an Aids.

km 18,5   Merten

Ein Bahnhof mit Güterschuppen, Klinker, teilweise umgewidmet, teilweise ungenutzt.

Hier ist Heinrich Böll begraben, nach katholischem Ritus. Er war sowas von r.k., da konnte er schreiben, was er wollte, und aus der Kirche austreten, so oft er wollte.

km 20,3   Waldorf

Ein umgewidmeter Bahnhof, Wohnungen.

km 21,6   Dersdorf

Ein Haltepunkt, dahinter Spalierobst (Äpfel, Birnen), weiter hinten Spargelfelder.

km 23,2   Bornheim

Ein umgewidmeter Bahnhof. Eine Gaststätte, die ab achtzehn Uhr öffnet, eine kleine Karte anbietet. Sie heißt „Das Wunder von Bernd". Schranken regeln den Verkehr.

Die Kirche aus dem neunzehnten Jahrhundert nebenan ist dem Eisheiligen Servatius gewidmet, dazu noch als Verstärkung dem Wetterpatron Donatus; zu sehr war man von der

Landwirtschaft abhängig. Jetzt ist die Kirche am helllichten Tag geschlossen.

In den Fünfzigern wohnte hier der Onkel einer Bekannten, der befummelte das Kind, belästigte es. Sie erzählte das ihrer Mutter. Die sagte nichts, machte nichts und ließ ihren Bruder einen guten Mann sein.

km 24,7 Roisdorf-West

Ein umgewidmeter Bahnhof. Die Sprudelabfüllanlage und der Obst- und Gemüsegroßmarkt werden von Lkws angefahren und bedient.

km 26,1 Alfter

Die Bahn ist ein kleiner Orientexpress, mehr Muslime sitzen drin als bei den heutigen Museumsfahrten des richtigen.

km 28,5 Dransdorf

Ein kleines, umgewidmetes Bahnhäuschen. Ein Haltepunkt, hier pendelt man nach Bonn ein.

km 30,1 Brühler Straße

An der Straße neben dem Haltepunkt steht eine Moschee, sie wird noch erweitert.

km 32,0   Bonn Hbf.

Unterirdisch hält unsere Bahn. Neben anderen Straßenbahnen eingegliedert in das Netz des öffentlichen Nahverkehrs. Früher gab es einen eigenen Kopfbahnhof an der Ecke zur Thomas-Mann-Straße, ähnlich dem Kölner am Barbarossaplatz. Mit Gaststätte. 1976 kostete ein Glas Kölsch hier fünfzig Pfennig.

Die Bahnhöfe sind weg. Das Kloster ist weg. Der Güterverkehr ist weg. Der Name KBE ist weg.

(2012)

Aus deutscher Geschichte

Als St. Petersburg mal Leningrad hieß, als Mecklenburg-Vorpommern, Brandenburg, Sachsen-Anhalt, Thüringen, Sachsen noch DDR waren, die Welt sich im Kalten Krieg befand, dessen Hauptfront durch Deutschland verlief, fuhr man gern mit Schulklassen nach Berlin.

Diese Fahrten wurden vom Staat subventioniert, galten als pädagogisch wertvoll und führten in eine Stadt preußisch-deutscher Geschichte, des Ost-West-Gegensatzes, der Mauer und des Fehlens einer Sperrstunde. Eine Kölner Abschlussklasse nun, eine Zehn, machte 1982 die Reise mit der Bundesbahn, die es damals auch noch gab. In Marienborn waren die DDR-Grenzer und Reichsbahnkontrolleure zugestiegen und walteten ihrer Ämter.

Die Erwachsenen im Zug saßen in angespannter Aufmerksamkeit bei schon offenen Türen und mit großen Ohren zu den Nachbarwaggons hinhorchend: Reisedokumente und Personalpapiere hielt man schon seit den Lautsprecherdurchsagen an der Demarkationslinie, einseitig als Grenze bezeichnet, in Händen. Man war nervös. – Warum eigentlich? War nicht alles vertraglich geregelt, durch ministerielle Paraphen und Unterschriften fixiert?

Waren dies nicht – trotz beanspruchter eigener Staatsangehörigkeit – Menschen deutscher Zunge, teilte man nicht die Muttersprache mit ihnen, entstammte man nicht gemeinsamem Vaterland? Und: Hier war doch Mitteleuropa, also doch terra cognita.

Viele waren ängstlich, alle unruhig. Nur die Schüler ließen sich nicht anstecken. Die liefen durch den Gang, scherzten, lachten, bandelten an. In mehreren Abteilen hatten sie – wie vorgesehen, also auch erlaubt – die gegenüberliegenden Sitzflächen zusammengeschoben, man konnte so liegen. Die Türen hatte man zugeschoben, das Licht gedämpft, die Vorhänge zugezogen.

Da wird mit einem Male energisch, laut knallend die Tür aufgerissen, zwei Graue stehen da, DDRler in grauer Uniform, einer hat ein Kästchen wie ein kleiner Bauchladen mit Stempelkissen, Stempel und Schreibgerät in Brusthöhe vorgebunden und herrscht die Jugendlichen an: „Sitze zusammen!", „Gerade sitzen!", „Visa!"

Die Schüler, Höflichkeit gewohnt, jetzt ange-schnauzt, zu Selbstbewusstsein angeleitet, jetzt zusammengeschissen, wollen's nicht glauben. Einige haben es noch gar nicht realisiert, ver-wundert schauen sie auf. Zwei lachen. Und einer steht auf, baut sich seinerseits vor diesen staatstragenden Uniformen auf, groß ist er auf den Polstern stehend, großgeworden im Wes-ten der alten Bundesrepublik, verankert im rheinischen Selbstbewusstsein, und er wedelt mit der Hand vor Stirn und Gesicht und sagt im breitesten kölschen Singsang: „Bes do ei-jentlich lala?"

(1998)

B.

Ja! Ja, ja. Na klar, das war B. Mein alter Freund und Schulkamerad B. Im Halbprofil hatte man ihn aufgenommen, ein ganzes Drittel der Zeitungsseite nahm sein Foto ein, wie er so da saß mit geöffnetem Mantel an einem Bistrotisch, wie hingehockt, ein Weinglas vor sich.

Wie oft hatten wir zusammen gespielt und gelacht, jetzt hockte er da, ein Schal hing ihm um den Hals, und er stierte vor sich hin. Jede Tageszeitung hält auf sich und Traditionen des Gewerbes und der regionalen, nationalen Kultur. So gibt es wohl keine Tageszeitung, die nicht zu Weihnachten und zu Ostern eine spezielle Beilage, besonders gestaltete Seiten ihrem Presseorgan zufügt. Also auch zu Weihnachten. Also auch unsere große Kölner Tageszeitung. Der Tenor war: Alle feiern in Familie, wenige – aber es werden immer mehr – sind allein. Mehrere wurden in diesem längeren Text vorgestellt, eine alleingelassene Frau, ein Mann, der schon immer allein war, ein älteres Ehepaar, das erstmals allein war, ohne Kinder.

Das einzige Bild auf dieser Seite zu diesem Aufsatz zeigte meinen Freund B., wie er da allein saß, an kargem Tisch, im Mantel noch, ein kleines Glas Weißwein vor sich.

Als das Foto in der Weihnachtsausgabe auf meinem Frühstückstisch erschien, war es Vormittag des Heiligen Abends. Dünn war der Sportteil, auch die Politik ging auf gemächlicheres Feiertagstempo zu, und beim weiteren Durchblättern sah ich es denn. Erstaunen, genaueres Nachsehen. Einsicht in den Kontext dieser Weihnachtsseite, und man müsste doch und jetzt direkt.

Aber der Heilige Abend war nur noch wenige Stunden entfernt, Besorgungen mussten noch erledigt, Aufräumarbeiten noch getan, die Gänge des Festmenüs mussten schon vorbereitet, und das Kind sollte doch noch gebadet werden.

So ging B.s Bild in diesen hektischen Tagen voller Termine, Besuche und organisierter Besinnlichkeit verloren.

Als ich einen Tag vor Silvester das Altpapier bündelte, hatte ich das Blatt wieder in der Hand.

Ich rief B. sofort an. Ja, zehn Jahre habe man sich bestimmt nicht mehr gesehen, und ich sei wohl der zwanzigste Anrufer wegen des Bildes. Und er lachte laut auf, wie ich es von ihm immer noch im Ohr hatte, und vielleicht hatte er schon zwanzigmal aufgelacht bei den Anrufen wegen seines ernsten Bildes. Ach, das Foto sei voriges Jahr gemacht. worden. Denn dieses Jahr ginge ja nicht, die Zeitung könne ja nicht ein Ereignis am Morgen dokumentieren, was erst am selben Abend passiere, lachte er. Ob ich denn den Tisch nicht erkannt habe, das sei das „Alkazar", und eine Bekannte habe das Foto gemacht, sie jobbe bei der Zeitung. Ja, es sei der Nachmittag des 24. gewesen, nur eben der des Vorjahres. Und er sei so in Eile gewesen, schon im Mantel, um zu seiner Mutter in die Eifel zu fahren, die ihn mit seinen Brüdern und deren Familie am Heiligabend erwartete. „Das ist bei uns immer noch so, Du kennst es ja", rief er durchs Telefon.

Dann fragte er noch nach mir und meiner Familie und was man die Tage so gemacht habe. „Auch in Familie? Was willste machen? Aber da kann man ja mit leben."

Wir verabredeten uns dann für „mal im Januar, wir telefonieren noch". Er wollte noch ein paar Tage Skifahren. Ich brachte die alten Zeitungen zum Papiercontainer.

(1994)

Das Narbengesicht

Ein Mann steht auf der Schildergasse und spielt eine Drehorgel. Doch die überhört man sofort, sieht man sein Gesicht: von Narben verzerrt, über und über entstellt, wie von schlimmsten Säuren und Brand. – Ein Schild lehnt an der Drehorgel, die er – groß gewachsen, von beeindruckender Statur, aber dieses Gesicht! – mit Schwung dreht.

Auf dem Schild nennt er einen schweren Unfall und dass er für ein „neues Gesicht" sammle. – Viele Menschen durchbrechen ihre Fassungslosigkeit und spenden ihm in eine Mütze; es gibt auch Scheine.

Als er pausiert, eine Zigarette in den Restmund steckt, spreche ich ihn an: ob denn keine Versicherung, keine Kasse ihm helfen könne. Nein, sagt er.

Und wir kommen ins Gespräch, sogar über dies und das und jenes, wie zwei Passanten auf der Schildergasse, die nun mal ein paar Worte wechseln. Und dann erzählt er, vom schweren, selbst verschuldeten Unfall, von Frau und Kindern, die sich abgewandt hätten, als die Verbände gelöst wurden.

Und er verbringe seine Tage jetzt in billigsten Hotels und in den Einkaufspassagen des Rheinlands, aber auch der norddeutschen Großstädte. Und das erorgelte Geld reiche natürlich nicht für die großen und sehr, sehr teuren Operationen, die er auch gar nicht mehr erdulden wolle, aber es reiche sehr gut für allabendliche Bordellbesuche, die er sich mit allem Drum und Dran und großer Befriedigung leisten könne. – Die Zigarette war geraucht, er nahm den Orgelschwengel in die Hand, man grüßt. – Ich gehe weiter.

(2003)

Der Bluthund

Von fern, für den flüchtigen Passanten, war es fast eine Idylle.

Ein später Nachmittag Ende März 1990. Wenige Sonnenbahnen gaben diesem Teil der Innenstadt, der durch die Einmündungen von Benesis-, Pfeilstraße und Kettengasse in die Ehrenstraße so eine Art kleines Plätzchen bildet, noch warmes Licht, es herrschte noch kein Feierabendgerenne. Aus einer Kneipe, dort, wo jetzt ein Backwarenhandel ist, aus „De Ihrepooz", deren Türen offen standen, klang die Musicbox wie frühlingshaft beschwingt, und am Pfahl eines Verkehrszeichens stand ein Hund. Ein Foxterrier, wie ihn die Alten noch von Ratemeister Robert Lemke und die ganz Alten und die ganz Jungen von Tim und Struppi her kennen. Der hatte die Vorderläufe leicht gespreizt, Nacken, Kopf und Schnauze geneigt und die lange Zunge leckte die Platten des Trottoirs. Ich wohnte im gleichen Viertel und hatte von den Schüssen und dem Mord gehört. Ich kannte die Lokalitäten genau, dazu einige der Beteiligten. Die Affäre hatte sich in den frühen Morgenstunden abgespielt, aber erst nach der Arbeit, so gegen siebzehn Uhr, hatte ich Zeit, vorbeizuschauen.

Natürlich war's Neugier. Aber wenn schon mal was Aufregendes, Außergewöhnliches im Karree passierte, wollte ich mir das schon ansehen, auch wenn die eigentliche Tat schon Stunden vorüber war.

Die zentrale Geschichte ist kurz und schnell erzählt: Ein junger Mann wollte seine von einem Gast bedrängte Mutter, eine Gastwirtin, vor dessen Nachstellungen, Handgreiflichkeiten, Obszönitäten und all dem, was sehr unschön und auch gerichtsnotorisch wurde, schützen, geriet in Streit, man wurde handgreiflich, er wusste sich schließlich nicht anders zu helfen, als in blinder, unkontrollierter Wut den die Mutter so Verletzenden zu treffen, zu schlagen, mit einem aus einer Thekenschublade gezogenen Revolver zu bedrohen, vor sich herzuschieben, aus dem Lokal zu treiben und draußen zu verfolgen. Nach wenigen Metern stieß der Fliehende gegen ein Verkehrszeichen, stürzte, der rachsüchtige Sohn, nun vollends außer sich, das Opfer – endlich, endlich! – zu Füßen, stellte sich über den und schoss ihn in den Kopf, schoss ihn dabei tot.

Und wie das so geht: Die Leiche wird entfernt, der Gerichtsmedizin zugeführt. Die Kugeln werden von Kriminalisten gesucht, gefunden, ihre Bahnen werden rekonstruiert. Es ergeben sich Beweisketten. Die Blutlache wird durch Sägemehl eingetrocknet. Ich erreiche das Lokal, wo der Sohn mit dem Geliebten der Mutter in Streit geriet.

Die Rollladen sind runtergelassen. Ich gehe die wenigen Schritte zur Eckkneipe, vor der ein Foxterrier Sägespäne wegpustet und Blut leckt. Ich gehe in die Kneipe, bestelle an der Theke ein Kölsch und sehe dem Hund zu. Nach zehn Minuten, so lange dauert es noch, sind die Platten auf dem Bürgersteig sauber.

Wir gehen durch die Straßen. Wir wissen nicht, was wir sehen.

(1996)

Der FC in Cork – Tünnes goes to Ireland

Damals, im Sommer '97, als der 1. FC Köln noch Chancen hatte, sich für einen internationalen Wettbewerb zu qualifizieren, wollte es der Zufall, dass wir gerade zu dem Zeitpunkt im irischen Cork waren, als der FC hier am 12. Juli eines seiner Gruppenspiele zur Qualifikation zum Halbfinale zur Teilnahmeberechtigung am UEFA-Cup (Beckenbauer: „Cup der Verlierer") absolvieren musste.

Dem, der nichts hat, ist wenig schon viel. Hier winkte also das große Geschäft; und diese Krümel vom reichgedeckten Kuchenbuffet des Weltfußballs sollten in großen Tortenschlachten erobert werden.

Gut lief alles bisher. In zwei Spielen hatte man zweimal gewonnen. Würde zu Cork gesiegt, wäre das Halbfinale erreicht.

Für die südirische Mannschaft aus Cork am Lee war dieses das Schlüsselspiel; sollte es gewonnen werden, wäre noch nicht jede Hoffnung verloren.

Die Presse in Cork, immerhin eine Stadt mit 127.000 Einwohnern, besteht hauptsächlich aus zwei Blättern: dem „Evening Echo" und dem „Examiner". Es steht hier nicht an, diese einzuordnen, zu bewerten.

Eine Woche lang haben die beiden Zeitungen täglich diese Partie vorbereitet. Und so lernt man seine Vaterstadt, ihre Renommierelf ganz anders kennen, wie sie so geschildert wird in weit entfernter Ecke Europas. Liest man die Corksche Journaille im Kontinuum einer Woche, schälen sich zwei Kernaussagen heraus: Die eigene Mannschaft ist schwach, aber tapfer; die des Gegners ist ein internationaler Riese, aber zu schlagen.

7. Juli: Der „Examiner" vermeldet, dass die Lee-Sider auf Patsy Freyne wegen zweiter Gelber Karte verzichten müssten, es lange Zeit her sei, dass irgendeine irische Mannschaft zwei Spiele hintereinander ohne Punktverlust („clean sheet") in einem europäischen Wettbewerb hinter sich gebracht hätte. Köln wird nun als des nächsten Gegners Herkunftsort genannt. Für das „Evening Echo" ist Köln als erster der Gruppe offensichtlich das stärkste Team, ein Unentschieden könne Cork nicht reichen. Es wird an das Jahr 1992 erinnert, als man gegen Bayern München unentschieden 1:1 gespielt habe.

8. Juli: Im „Echo" gibt sich der Mannschafts-
kapitän John Caulfield „kampfbereit", der Präsident erwartet ausverkauftes Haus und verspricht eine Supervorstellung seiner Jungs. Die
seien beim letzten Spiel in Israel sogar ge-
zwungen gewesen, am Strand zu trainieren.
Schwierig sei es, die Hitze dort zu beschreiben.
Aber die Jungs seien ein Pluspunkt für sich,
den Club, die irische Liga. Aber Achtung!
Auch Köln sei ungeschlagen.

9. Juli: Im „Examiner" spricht der Assistenz-
trainer. Und man zitiert ihn wörtlich und lange
und ausführlich. Man werde den Jungs sagen,
dass, wenn sie hart arbeiteten, wie sie es getan
hätten, es keinen Grund gäbe, die Kölner
übermäßig zu fürchten. Der ideale Start wäre,
ein frühes Tor zu erzielen, so wie es gegen
Bayern München im Musgrave Park geschehen
sei. Nach den Spielen gegen Lüttich und Mac-
cabi werde man viel härter arbeiten müssen,
weil Toni Polster der Spielertyp sei, auf den die
Jungs bisher noch nicht gestoßen seien. Der
sei es gewesen, der mit Österreich Irland Probleme gemacht hätte.

Laut „Echo" wird Polster Cork in Alarmbereitschaft halten. Der sei Irlands Geißel und
Plage gewesen im Qualifikationsspiel gegen

Österreich. Und Polster sei die Speerspitze des Kölner Angriffs, eines 28-Mann-Teams voll internationaler Erfahrung mit Spielern wie Henrik Anderson und René Tretschok.

Doch das FC-Spiel ist heute nur Nebensache. Titel, Schlagzeile, die ersten drei Seiten des „Evening Echo" sind besetzt, belegt mit dem irischen Thema: dem Kampf um die Einheit. Und nordirische, protestantische Extremisten verkünden, sie hätten zwei Bomben in Cork versteckt. Die Titelseite zeigt einen maskierten, uniformierten, bewaffneten Terroristen, montiert vor das Bild der Einkaufsmeile Corks, der St. Patrick Street. Hier ist von ganz anderer Alarmbereitschaft die Rede. Die Polizei sei hochaktiv, die Ankündigung sei sehr ernst zu nehmen.

Die ganze Insel ist in diesen Julitagen in größter Aufregung; die Märsche der Orange-Leute in Nordirland sollen durch katholische Viertel führen; man provoziert und ist hochnervös; in England steht eine neue Regierung vor erster Prüfung.

In Cork versucht man, Alltag zu leben.

In Köln trainiert der 1. FC. In zwei Tagen soll es mit dem Flieger nach Irland gehen. Die Polizei ruft die Bevölkerung zu besonderer Aufmerksamkeit auf.

10. Juli: Das „Evening Echo" lässt das Fußballspiel ganz beiseite, schreibt dazu nur fett: „Morgen: Cork-City's großes Eurotreffen, Köln kommt in der Stadt an."

Wichtiger ist die Wiedergabe des Polizeiaufrufs, auf Bomben zu achten, in Alarmbereitschaft zu sein.

Der „Examiner" warnt vor Kölns „tödlichem Stürmer" Toni Polster, Dänemarks Anderson, Rumäniens Internationalen Munteanu und Vladoiu und René Tretschok vom Champions-Cup-Gewinner Dortmund.

Dies sei natürlich Corks größtes Spiel, aber sie könnten sich im Kampf gegen die Bundesliga ein Beispiel nehmen am Spiel gegen Bayern München 1992. Karten gäbe es in den Filialen von Wettbüro Cashman's und in Cumming's Sportgeschäft. Ein Programmheft zur Erinnerung würde auf dem Platz verkauft.

11. Juli: Das „Evening Echo" führt Torhüter Phil Harrington an, der sich zwei der europäischen Topstürmer gegenüber sehen werde. Der 1. FC sei das deutsche Superteam. Das Spiel könne für Cork eine ganz heiße Zeit

werden, gegen diese Bundesligagiganten. Es werde ein faszinierendes Match werden, und wer wisse, was an diesem Abend passieren könne? Es sei sicher, dass sich der 1. FC ihrer heroischen Vorstellung gegen Bayern München 1992 im UEFA-Cup bewusst sei. Das 1:1, das Dave Barry gegen die Bayern erzielt habe, sei immer noch der Höhepunkt in der Clubgeschichte.

Der „Examiner" spricht von den deutschen Giganten, die Spieler aus der Türkei, aus Rumänien, Kroatien, Österreich, Schweden, Russland, Dänemark und Guinea bei sich hätten. Der „FC Koln" würde diesen Sommerwettbewerb sehr ernsthaft betreiben. Karten gäbe es außerdem noch bei Jackie Lennox und im Horse Shoe Inn.

Dann erinnert sich Dave Barry, mit seinem Tor gegen Bayern München 1992 sei die Fußballwelt auf den Kopf gestellt worden. Labbadia wäre gerade überheblich aus der deutschen Abwehr herausspaziert ... und O'Mahony, Barry, Conroy, Bannon und Caulfield hätten irische Fußballgeschichte geschrieben ... und am Vorabend des Rückspiels in München habe man das Oktoberfest besucht, und einige Spieler, angeführt von Paul Bannon, hätten den Dirigenten der Blaskapelle entführt und sich den Taktstock geschnappt, zum großen Vergnügen der Einheimischen ... und zur Halbzeit habe Franz Beckenbauer sehr besorgt geschaut, als er mit Boris Becker geplaudert habe ... und Cork habe dann noch zwei späte Tore reingekriegt ... und auch dieser Klassiker von David gegen Goliath beweise, dass Sport nicht immer mit Geld, sondern auch Belohnung, nicht immer mit Sieg, sondern auch mit Leistung zu tun habe.

12. Juli: Der Tag des Spiels. Es ist alles gesagt. Die Zeitungen haben eine Woche lang vorbereitet, die eigene weiße Weste vorgezeigt. den Gegner zum Giganten gestempelt, die alten Geschichten erzählt und daraus Ruhm, Ehre und Auftrag destilliert, die Vorverkaufsstellen benannt.

Die Corker Zeitungen provozieren heute, versuchen, ihre Mannschaft heiß zu machen. „Evening Echo" zitiert die Tormaschine Toni Polster, der bei der gestrigen Ankunft gesagt habe, Cork könne seine Eurohoffnung abschreiben, er plane, zu Cork City „Gut' Nacht" zu sagen. Polster sei überhaupt brennend heiß auf dieses Schlüsselspiel der deutschen Giganten. Die Kölner seien mit einem sechsunddreißigsitzigen Privatjet nach Cork geflogen, nähmen das Spiel so ernst, dass sie den Neuzugang Tretschok mit einer Linienmaschine nach Dublin und dann per Taxi hierher hätten nachkommen lassen. Circa hundert Fans vom Kontinent würden sie unterstützen. Offizielle von Cork City besuchen im Krankenhaus einen ihrer treuesten Fans, der einen Teil seines linken Beins und ein Stück seiner rechten Ferse als UNO-Soldat bei einer Landminenexplosion im Süd-Libanon verloren hat.

Der „Examiner" sieht auf Cork fürchterliche Zeiten zukommen, in diesem Zusammenprall mit den deutschen Giganten, und deren gefährlichsten Zwei, der Österreicher Polster und der Däne Anderson, lächeln auf einem Foto siegesgewiss. Man trägt Krawatte.

Und Torhüter Harrington betont, jeder der großen Erstligaclubs wie Manchester United, Liverpool oder Newcastle würde Probleme haben, den FC Köln zu besiegen. Und das gäbe dem Treffen heute Abend den richtigen Stellenwert. Es sei schon ein Mammutunterfangen. Es sei ein tolles Gefühl, auf einen so weltberühmten Verein zu treffen. Der FC Köln stehe gleich mit Bayern München und Borussia Dortmund und müsse zu den

Toppclubs in Deutschland gezählt werden. Die Sache mit den Deutschen wäre, dass alles, was sie anpackten, Spitze sei.

So die Stimmen der lokalen Presse. Wir geben dies hier ausführlich wieder: Es tut der kölnischen Seele gut, es sagt etwas über Europa aus, es führt uns Medien vor, es lehrt uns ein wenig über Geschichte, Legenden, Sport, Politik, Irland, Deutschland.

Dass es eine seit Längerem bestehende Städtepartnerschaft Cork–Köln gibt, erfahren wir nicht. Seit fast zehn Jahren hat man die; und im Rathaus von Cork, direkt am Lee, ist eine Tafel, die Köln aufführt, direkt neben den Büsten zweier Bürgermeister, die im Kampf für Irlands Unabhängigkeit fielen, an prominenter Stelle also.

Und in Köln sind noch die irischen Fans in guter Erinnerung, die im Sommer 1988 die Stadt besuchten. Sie saßen im Souterrain des Bazaar de Cologne in der Mittelstraße vor dem damals noch existierenden irischen Pub und stimmten sich auf ihr Europameisterschaftsspiel im Müngersdorfer Stadion ein. Guter Dinge, lachend, stressfrei, trinkend und Lieder und Balladen singend, aus einem unendlichen Fundus an Texten und Melodien von trügerischen Siegen und heroischen Niederlagen in Geschichte und Liebe.

Das kleine Fußballstadion an Turners Cross. Im Winkel zwischen Vorortsiedlung und Autobahn. Umgeben von langen Straßenzügen mit Einfamilienhäuschen. Kinderreich sind hier alle. Die Bälle, die während des Spiels über die Umfassungsmauer des Platzes fliegen, kommen nicht zurück. Die überdachte Tribüne an der Längsseite besteht aus betongegossenen Bahnen, auf die man Klappstühle setzen kann. Die Gegengerade hat festgestampfte Asche. Eine Kopfseite mit einer kompakten, fast quadratischen, kastenförmigen Stehplatztribüne, den einheimischen Fans reserviert, daneben eine Umkleide mit Duschen; dahinter die Pissoirs für die Zuschauer. Die gegenüberliegende kurze Seite des Platzrechtecks ist gesperrt; ein Abhang mit Gras drauf; hier kann man sich Fanwellen und schwere Unfälle vorstellen. Das ganze Platzareal ist von einer Mauer umgeben. Unterhalb der Umkleide kann man durch mehrere schmale Durchlässe, die auch der Kartenkontrolle dienen, den Platz betreten.

Das Stadion ist gut besucht. Die kontinuierliche Berichterstattung in der Presse, das Gigantische des Gegners – uns Kölnern ja zur Genüge bekannt –, die Internationalität des Wettbewerbs, die sonst übliche fußballerische Schmalkost haben gelockt. Die Fantribüne ist voll. Alle mit grün-weißen Schals. Man singt. Und da das Spiel noch nicht begonnen, der Gegner sich noch nicht gezeigt hat, sind es getragene Choräle. Noch ist der Sturm nicht aufgezogen, und Irlands Schiff und Insel liegen in ruhiger See. Noch ist der Wolf nicht aufgetaucht, und in pastoraler Zufriedenheit grast die Herde. Es gibt auch Kölner Fans. Müde, aber erstaunlich nüchtern haben sie die ihnen zugewiesene Ecke am entferntesten Punkt der langen Tribüne an der Geraden eingenommen.

Schon an dieses Samstags Morgen sah man in der Innenstadt Corks, der bombenbedrohten, kleinere Trupps umhergehen, in Pubs Bier trinken, mit den Leuten reden, sich in Andenkenläden Kappen mit Tartanmuster kaufen, mit angeklebten roten Haaren dran. Die kann man ja auch daheim im Fastelovend nutzen. Tünnes goes to Ireland.

Nein, von Bombenalarm in Cork wüssten sie nichts, sei ihnen auch bei Ab- und Hinfahrt nichts gesagt worden, sagen sie auf Befragen.

Auch die FC-Spieler, nach dem Spiel im Gespräch, wissen von nichts.

Die Köln-Fans sind nicht nur aus Köln. Man hört Ruhrpottslang und Sächsisch, man sieht Fans aus Liverpool und anderen Städten Englands, die ihren deutschen Partnerverein hier unterstützen. Es sind wohl an die achtzig. Ein Fanbeauftragter ist auch mitgereist, gibt sich seriös und unaufdringlich, hält sich zurück und verteilt an Kinder und Jugendliche Mannschaftsfotos.

Auf dem Platz stimmen die Kölner ihre Parolen an, beschreiben ihre Dessous („Spetzebötzche") und geraten in Verzückung, als ihre internationale Auswahl in rot-weißen Trikots mit der Aufschrift 1. FC Köln das Spielfeld betritt.

Die Fans von Cork City wechseln das Repertoire: Stakkato, Attacke. Aber die kurzen Kampfrufe und Liedzeilen verbinden sich zu Strophen, und die werden wieder zu Balladen. Darüber ein Wald von grün-weißen Schals, ausgebreitet und hochgereckt an langen Armen, darüber flattern vereinzelte grün-weiß-orangene Nationalfahnen. Der Regen hat aufgehört.

Die beiden Fanblöcke bekämpfen sich nicht, versuchen nicht, sich zu übertrumpfen, man wechselt sich ab. Die Kölner singen das obligate, ganzjährig zu singende Karnevalssammelsurium. Die beiden Mannschaften sind auf dem Platz, einem gut gepflegten, dichten Rasen. Corks Spieler laufen in Reihe Sprints, kommandiert vom Trainer, mit Pfeife und in Herbergers blauem Trainingsanzug, simulieren – schon hart einsteigend – Zweikampfsituationen. Kölns Spieler dehnen sich, lockern sich; jeder für sich. Drei, vier spielen sich einen Ball zu. Der Trainer steht herum und schaut zu, in Outfit und Haltung wie einer, der im Jogginganzug in der Halbzeit mal schnell zum Büdchen geht, Bier und Zigaretten zu holen.

Den vorderen Teil der Tribüne hat man bestuhlt. Kärtchen geben an, wer hier sitzen soll. In erster Reihe hat man Klappstühle für die FC-Offiziellen reserviert. Präsidenten Hartmann erwartet man vergeblich. Er spielt Golf in Südeuropa. Cork ist Partnerstadt Kölns. Irland ist weltberühmt für Qualität und Vielzahl seiner Golfplätze.

Die Mannschaften haben sich aufgestellt. Der Bürgermeister, mit Amtskette, lässt sich die Spieler vorstellen. Die Kölner wirken amüsiert.

Wohl sowas wie letztes Jahr in Wembley mit Klinsmann und Königin! Hier nur mit ohne Königin. – Die Kölner Spieler wirken uninformiert, nicht geleitet. Als sich die Corker Mannschaft zum Foto postiert, wird dies auch vom Kölner Team erwartet. Doch das ist schon auseinandergelaufen und dehnt sich wieder individuell. Als zwei, drei Spieler den Fauxpas bemerken, ist es schon zu spät.

Anpfiff. Das Spiel ist schnell erzählt. Die Iren haben die erste große Chance. Sie stürmen wacker los, die Kölner Abwehr schwimmt. Munteanu verwandelt dann eine Ecke direkt zur 1:0-Führung. Cork ackert, hält mit und verausgabt sich in der ersten Halbzeit. Polster ist irgendwie irgendwo da, Schuster versucht, hinten Ordnung reinzubringen, Scherr stolpert rum und ist Corks bester Anspieler, Vladoiu provoziert, schwalbt und meckert. Tretschok ist der einzige Lichtblick.

In der zweiten Halbzeit ist Cork stehend k.o., Polster hält aus zwanzig Metern drauf, man hat das 2:0 und bringt das Ding über die Zeit. Die Mannschaften gehen zur Umkleide. Man hält die FC-Fans noch etwas in ihrer Ecke, bis die Einheimischen weg, die Fahrgelegenheiten nach Köln da sind. Die Kölschen singen ihre Lieder.

Einzelne Cork-Anhänger kommen, man hat sich vorher in Pubs kennengelernt. Man tauscht Schals, ein Ire küsst ein kölsches Mädchen, und man posiert für ein Foto. Es regnet wieder.

Umkleide und Duschen scheinen eng und begrenzt zu sein. Vielleicht auch nicht die besten. Jedenfalls finden wir unsere FC-Spieler in den kurzen und engen Bögen der Eingänge wieder, zitternd und frierend im Regen, noch im Spieldress; nur die Schuhe haben sie nicht mehr an, stehen barfuß da, mit Schlappen.

Ach, wie bedröppelt stehen da unsere Helden! Der leichte Schweißfilm auf der Haut, Resultat der Körperertüchtigung auf Corkschem Rasen, ist durch den Regen längst richtige Nässe geworden. Die Haare. sonst wohlgepflegt und geföhnt, hängen in Strähnen, haben nur noch wenig vom matten Glanz der Sprays, die leibbewusste Twens gern nutzen. Die Trikots verlieren die Fasson, die sie wie selbstverständlich die neunzig Minuten des Spiels beibehalten hatten, werden feucht, haben schon hier und da graue Flecken vom Berühren, Streifen alter Mauern, rostiger Geländer, sehen aus, als hätten ihre Träger eine richtige Pokalschlacht, die alles erfordert, hinter sich. Sie stehen da, leicht zitternd, in ihren Badeschlappen, in fremder Welt, in ferner Provinz, auf englischsprachiger Insel, die noch nicht einmal England ist.

Es sind die Badeschlappen, die diese jungen Männer auf verregneter Vorstadtstraße tragen, die sie so hilflos aussehen lassen. Diese Badeschlappen in ihrer scheußlichen Künstlichkeit, nur dem einen Zweck dienend, ihren Träger sicher über glitschige Kacheln zur Dusche und retour zur Umkleide zu bringen, lassen die Männer schutzlos aussehen, angreifbar, verletzbar, verletzlich. Wo der aufgerüstete, verstärkte, mit Stollen und versteifter Kappe bewehrte, nur mit festen und starken Riemen gebändigte Schuh Arbeits- und Werkzeug ist, das sicheren Stand und saubere Ballannahme, guten Schuss und entschiedenes Tackling, elegantes Passen und unbeabsichtigtes Foulen ermöglicht, wo der handgearbeitete italienische Markenschuh Eintrittsbillett in die Kreise ist, die auf Füße schauen, dann noch auf den Anzug, das Goldkettchen am Handgelenk und am Kopf auf Intensität und Farbnuance der Bräune und die Karat des Brilli am Ohr, dort also, an diesen Füßen, Hightech-Sportschuh und Designer-Slipper gewohnt, lädieren Badeschlappen die mühsam aufgebaute Persönlichkeit, reduzieren sie den umjubelten Eurostar zum begossenen

Pudel, zum Kälsche, zum Jung vun newenan, den der Briefträger aus dem Bad geklingelt hat und dem die Haustür zugefallen ist.

Kapitän Hauptmann, mit Brille, ist ansprechbar, gibt Auskunft. Fragt seinerseits, wo man sei, und was man außer Wandern in Irland tun könne. Die Stadt habe man nicht gesehen, nur seit gestern Nachmittag das Hotel. Schuster nimmt das Lob, Verstärkung für diese Mannschaft zu sein, lächelnd entgegen. Vladoiu friert besonders, und Baumann fordert Hauptmann, den Kapitän, auf, sich um den Bus zu kümmern. Aber der Bus zum Hotel – denn hier will man sich gründlich und in aller Ruhe, bei allem Komfort duschen und wiederherstellen – kommt noch nicht. Einige Kölner Fans nutzen die ungewohnte Nähe, bitten um Autogramme und erhalten sie. Und es regnet, und es ist kühl und es zieht. Und der Bus kommt nicht. Cork bekommt vom Elend der Kölner Giganten nichts mit. Die Grün-Weißen sind schnell nach Hause geeilt; eine Fernsehübertragung läuft schon, mit. Hurling, dem Nationalsport, der absoluten Nummer Eins, einer Mischung aus Feldhockey, Rugby, Handball, Fußball. Eine Sportart, die den ganzen Mann erfordert, eine

Sportart, die fit macht, die Spiegel ist des großen Kampfes.

Dann kommt der Spielerbus doch, man steigt schnell ein, und beinahe hätte man den Trainer Neururer vergessen. Der springt an der Ecke noch auf.

Dieser Neururer kann ganz schnell sprechen. Und so hat er – noch in Köln, vor dem Abflug nach Cork – der Presse gesagt, und der „Stadtanzeiger" zitiert es am Spieltag: „Ich kenne die Iren, gegen die muss man sich die Schienbeinschoner vorne und hinten anziehen."

Der Kölner Presse ist im montäglichen Spielbericht der Gegner Cork so viel wert, dass man auf deren Mannschaftsaufstellung verzichtet und nur die der Kölner wiedergibt.

Wie schon gesagt: Man besuchte eine Partnerstadt Kölns. Die Kölner sind schon Giganten.

Ach ja: Das Halbfinale war durch diesen Sieg erreicht. In diesem schied man dann aus. Bomben hat man in Cork keine gefunden. Es sind auch keine explodiert. In Nordirland hat man ein paar Tage später Waffenruhe vereinbart.

(1998)

Der 146er-Bus

Man muss auch aufschreiben, was man eigentlich weiß. Aber wie oft hat man schon zusammengesessen und überlegt, und sich auch schon gestritten. Und das kann man über jedes Thema: Wann in Rom Olympische Spiele waren, wer nach Theodor Heuß Bundespräsident war, wo die Hühnergasse liegt und wann die Großmutter Goldene Hochzeit gefeiert hat. – Und dann das Spezialthema: Straßenbahnen und Busse in Köln, wie die Linien hießen und welche Wege sie fuhren. Ich habe schon Leute mit rotem Kopf schreien gesehen, kurz vorm Zuschlagen: „Bist Du richtiger Kölner oder ich?"

Wie war das: Fuhr die 20 nicht mal nach Klettenberg? War die 15 nicht die Verbindung Uni–Hauptbahnhof? Und dann die Bahnen mit Buchstaben: die F nach Frechen, die B nach Bensberg, und so weiter, und so weiter. – In Köln gibt es unter Älteren kein Thema, was einen mehr zur Raserei bringen kann. Jeder weiß eigentlich alles und der andere nicht. Warum sieht der das nicht ein? Wer ist denn jahrzehntelang mit Bahn und Bus gefahren, und tut's heute noch?

Da habe ich mir gedacht, du fängst einfach mal an, eine Linie nach der anderen aufzuschreiben und festzuhalten, was es da zu sehen gibt. – Dass das jeder weiß, sogar noch besser als ich, davon gehe ich aus. Aber ich bin nun der Depp, der damit mal anfängt.

Wenn man am Neumarkt in den Bus 146 einsteigt, hat man schon einen Bahnsteig ganz allein für sich; beinah, denn die Leute vom 136er stehen auch da, sind aber von ähnlichem Kaliber. Am Unterstand sind genug Sitzplätze da, sie sind überdacht, und der Fahrer wartet, bis man richtig eingestiegen ist und man sich im Bus hingesetzt hat. Und wenn da noch jemand angelaufen kommt und winkt, da wartet der und macht noch mal die Tür auf. Hier ist eben ein ganz anderes Publikum als in der Straßenbahn oder im 132er Bus. Bürgerlicher, nicht so laut, gediegen gekleidet, was man in Lindenthal dafür hält. Und wer anders ist, steigt spätestens am Hildegardis-Krankenhaus aus. Jetzt ist man unter sich; und auch wer sich kennt, und hier kennt man sich, macht da keinen Buhei, man nickt kurz und sagt sich die Tageszeit. Es wird fast nur Deutsch gesprochen, und manchmal hört man ein gepflegtes Hoch-Kölsch.

Wenn dann alle da sind und alle sitzen und alle ihre Fahrscheine entwertet oder sich ihrer Dauerkarte versichert haben (denn schwarz fährt hier keiner), geht's los. Noch ein Stückchen Neumarkt, dann geht es im Bogen in die Hahnenstraße. Hier merkt man immer noch, wie der Architekt Riphahn nach dem Krieg versucht hat, mit einer niedrigen Bebauung die Kahlschläge von Nazis und Bomben abzumildern. Und wo die Engländer bis vor zehn, zwölf Jahren ihr Kulturhaus „Die Brücke" hatten, geht es auch heute mit Kultur in diesem ordentlichen Haus weiter. Und nebenan die schrägen Schaufenster eines ehemaligen Textilhauses sind immer noch da, immer noch eine Attraktion, immer noch ein schönes Beispiel von Baukunst der Fünfzigerjahre.

Der Bus fährt jetzt über Schienen, natürlich auf seinen Rädern, der Fahrstreifen wird auch von der Straßenbahn benutzt. Es geht an der südlichen Seite des Hahnentors vorbei, links ist eine große Baustelle, hier wurde ein ganzer Block abgerissen, und ganz Tolles soll erstehen. Am Haltepunkt geht's raus und rein, dann in die Aachener Straße. Links das Millowitsch-Theater, das heißt jetzt Volksbühne am Rudolfplatz. Rechts das Bauturm-Theater und sich auf dem Trottoir immer weiter ausbreitende Außengastronomie. Bis zur Moltkestraße, links rein. Moltke und Roon, hohe Militärs bei Preußens, sind als Namen geblieben; aber der Königsplatz, mit dem die Namen zusammenhingen, heißt jetzt Rathenauplatz, kein schlechter Name. Und hier stand und steht ja auch die große Synagoge.

Über die Richard-Wagner-Straße rüber; Wagner, Händel, Mozart wegen dem alten Opernhaus am Rudolfplatz, das es aber nicht mehr gibt. Jetzt liegen die Musikerstraßen hier im Viertel einfach nur so herum. – An der Ecke ein großes Studentenhaus mit Appartements, mit Fitnessstudio unten und kleinen Balkons an den Wohnungen oben; gerade Platz für Bierkästen Und Fahrräder. An dem Glashaus mit der Kirche der Alt-Katholiken vorbei; da sind meistenteils Büros drin, auch von Trash-TV-Sendern.

An der Lützowstraße vorbei, wo vorm Krieg ein jüdisches Kinderheim war. Jetzt rechts rum in die Lindenstraße. Und auf der rechten Seite ist der große Kasten der Kaufmännischen Schule III. Auf die große Wand wurde immer geschmiert, dann haben ein paar Lehrer und eine Reihe von Schülern sich was ausgedacht und ein großes Graffito gemalt und gesprayt. Es soll die Zukunft zeigen, und es ist richtig schön geworden. Sogar die Nachbarschaft ist einverstanden. Und keiner hat es bis jetzt gewagt, da drauf oder darüber zu schreiben. Na, geht doch!

Unter der Bahnüberführung her. Hier war früher ein Wall für den Bahndamm und es gab keine Durchfahrt. Deswegen endet die Lindenstraße auch hier, und die Bachemer fängt an. – Jetzt eine neue Haltestelle: WiSo-Fakultät. Früher haben die Philosophiestudenten immer gelästert: Wieso heißen die WiSo-Studenten Studenten, wo die doch noch nicht einmal wissen, wie „wieso" geschrieben wird. Mittlerweile verträgt man sich, auch weil die Rechtschreibleistungen allgemein nachgelassen haben.

Rechts das Hildegardis-Krankenhaus. Da ist Kardinal Höffner gestorben; und ein paar Tage vorher hatte ihn Kohl, der damals noch Kanzler war, hier besucht. – Jetzt geht es links rein in die Glueler Straße. Und jetzt geht es mit Krankheiten richtig los: die Unikliniken, das Bettenhaus und Rehas noch und nöcher. – Der Leibl-Platz. Benannt nach dem einst sehr bekannten Maler Wilhelm Leibl, in Köln geboren

und Sohn von Carl Leibl, einem Domkapell-
meister. Was will man mehr? Wilhelm malte so
realistisch, dass man auf einem Bild, das Frau-
en in einer Kirche zeigte, in deren aufgeschla-
genem Gebetbuch die Noten lesen konnte. Als
ich auf dem Gymnasium war, hing dieses Bild
in einer ordentlichen Reproduktion in der
Klasse. – Wer nicht alles aus Köln kommt! Ich
auch, und ich hoffe, du auch.

Über den Gürtel. Und mitten drauf steht die
Paul-Gerhardt-Kirche, evangelisch. Da sagte
man früher Rote Kirche zu, auch weil sie aus
rotem Klinker war. Nach dem Krieg wurde sie
verputzt in so einem hellen Braun; nicht
schön. Dann wurde sie renoviert, und man
nahm wieder das ursprüngliche Rot. Hier war
mal Otto Dudzus Pfarrer, der im Widerstand
war und Bücher über Dietrich Bonhoeffer geschrieben hat. Der hat auch mal eine Tante
von mir getraut. Und er hatte ganz aparte
Töchter, von denen ich eine ganz besonders
gut kannte.

Rechts die alte Feuerwache, jetzt mit einem
Museum, in das man aber nur mit Anmeldung
reinkommt. Weiter links an der Haltestelle
Krieler Straße eine Bushaltestelle, dahinter eine
Kneipe mit dem schönen Namen „Zum

Buss"; aber die wissen schon, wie Bus geschrieben wird. Da wird wohl ein Wirt mal Buss geheißen haben.

Und wieder links, etwas versteckt, unser Krieler Dom, eigentlich St. Stephanus, eine der kleinen romanischen Kirchen hier in Köln. – Und weiter: diesmal rechts ein Kloster: „Zur Hl. Elisabeth"; kennt kaum einer.

Und schon sind wir am Ende unserer Tour: Deckstein, mit der Decksteiner Mühle. Dieses Lokal kennen alle Lindenthaler. Es ist seriös, hier kann man Kommunion, Hochzeit, Taufe und den Totenkaffee begehen. Und sonntags gibt es Kaffee und Kuchen, hier kann man potenzielle Schwiegereltern in die doch immer wieder gern gesehene kölsche Spießigkeit einführen. Hier ist alles, wie es immer war. – Im Ausschank gibt es Dom Kölsch; der Name kommt vom richtigen Dom, nicht vom Dömchen um die Ecke. Da soll man die Kirche schon in der Stadt lassen.

Die Wartehäuschen sind proper, die Namen der Haltestellen sind noch da und lesbar. Mit dieser Buslinie kann man also fahren, auch als Lindenthaler.

Und ein Busfahrer hat mir mal erzählt, dass bei der KVB, den Verkehrsbetrieben, direkt angerufen wird, wenn irgendwas nicht stimmt: schon minimale Unpünktlichkeit, Dreck in Wartehäuschen und Bus, ein unfreundlicher Fahrer, keiner der neuesten Busse. Und die Menschen hier hätten immer das Handy zur Hand, die Nummer der Zentrale fest installiert. Auch die Alten, mit den Handys mit extragroßen Tasten.

(2016)

Der Junge im Stadion

Es gibt Stille, die locken kann.
Es gibt Stille, die man erwartet. Der Wald ist
so still. Die Wohnung des Nachts. Und es gibt
Stille, die einen anfällt wie ein plötzlich aufge-
drehter Lautsprecher.

Die beiden Jungen haben die Aachener Straße
mit ihren Autostaus verlassen, fahren mit ihren
Rädern die wenigen hundert Meter zum Müngersdorfer Stadion. Es ist Samstag, gegen elf
Uhr. es bleiben noch viereinhalb Stunden bis
zum Anpfiff.

Die Räder werden abgestellt. Die Gitter sind
geöffnet, der Spielerbus aus Kaiserslautern
steht leer auf leicht abschüssiger Zufahrt. Und
das Marathontor steht auf. Einer der Jungen
geht weiter, der andere bleibt unter Vorwand
zurück. Passt auf die Räder auf. Das Grün des
Stadionrasens leuchtet durch den schattigen
Kontrast des Tors, der Tribünenbauten, noch
heller und lockender, wie ein Paradiesgarten
fast, für einen Jungen.

Und es ist so still, dass er nur das Pochen in
seinen Ohren hört.

Geht weiter. Nichts und niemand hindert ihn;

durch das Tor, schon nicht mehr zaghaft, genau durch die Mitte. Und aus der Schattenkühle des Tores tretend, knallt ihn die Sonne, ihr Gleißen, ihre Hitze an. Und diese Stille.

Wohl 60.000 können hier schreien, toben, weinen, Ah! und Oh! rufen, ihre Lieder singen. Und in diese Stille hinein tritt der Junge; er überquert die Laufbahn, das Halbrund hinter dem Fußballtor; er umgeht es, geht auf den Rasen selbst.

Alle Amphitheater und Arenen der Alten und Neuen Welt sind in diesem Augenblick um ihn herum. Alle entscheidenden Rekorde und Tore werden in diesem Augenblick von ihm erzielt. Und er allein, in aller Stille, hat jetzt alles erreicht. Die Sonne leuchtet nur ihm, strahlt nur ihn an, wärmt nur seine Existenz. Er dreht sich um, und fast läuft er den Weg, den er gekommen, zurück.

Ein Kamerateam lädt in der Einfahrt Gerät aus, der Busfahrer öffnet die Gepäckklappen, ein Ordner mit Armbinde instruiert Kollegen. Der Freund an den Fahrrädern fragt, wer er denn eigentlich sei, ihn hier so lange warten zu lassen.

(1998)

Der Kölsche in Ost-Berlin

Als Deutschland noch nicht vereinigt, noch nicht wiedervereinigt, noch nicht neu- oder aufs Neue vereinigt war, man nehme und nenne es wie man wolle, fuhr man noch öfters und anders nach Berlin.

Das Ziel war attraktiv, ungewöhnlich, selten hatte man Fremdes so nah; die Reise war beschwerlich, politisch brisant und konnte abenteuerlich werden.

Ich war ein paar Tage in Berlin, West-Berlin, und ich fuhr für einen Tag nach Ost-Berlin oder Berlin, Hauptstadt der DDR, wie es damals von Menschen genannt wurde, die mittlerweile verstorben sind oder vor Berliner Gerichten stehen.

Morgens rüber, über Bahnhof Friedrichstraße, in endloser Schlange durch kontrollierende Spiegelschränke mit dunklen Gestalten dahinter. Und man hatte Eintrittsgeld zu zahlen. Und spätestens am frühen Abend retour, um ja heil und rechtzeitig für einen gemütlichen Umtrunk gesicherten Boden unter den Füßen zu erreichen.

Ich betrete nun eines Morgens Ost-Berlin, es regnet, und das verstärkt noch die übliche Tristesse der Bauten und grauen Gesichter. Stiefele ein kurzes Stück Friedrichstraße runter, rechts um die Ecke Unter den Linden entlang bis in die Nähe des Brandenburger Tores; und wie aus fernem Land grüßen Reichstag und Bundesfahne jenseits der Mauer.

Zurück, jetzt Unter den Linden weiter bis zur Museumsinsel. In den Museen Aufatmen im Alten, Rast in Geschichte, Bildung im Ghetto.

Man wappnet sich wieder für Regen und graue Stadt, eine Millionenstadt mit einer Ausstrahlung und einem Charme, dass westliche Kleinstadtkonstrukte wie Euskirchen, um mal ein Beispiel aus unserem Umland zu nehmen, dagegen wie Metropolen wirken.

Ich habe Hunger und Durst. „Frikadelle mit Sättigungsbeilage" heißt ein Essen, „Cola-Getränk" eine Flüssigkeit; diese kostet zweiunddreißig Pfennige, jenes Zweimarkneunundvierzig. So auf einem Zettel in einer sonst leeren Speisekarte.

Im bin im „Ratskeller" am Alexanderplatz. Der Name verspricht altdeutsche Gediegenheit. Die realsozialistische Wahrheit zeigt sechs nackte Tische in einem kargen Raum. Ich esse, ich trinke. Will bald zahlen und gehen. Doch zunächst muss ich pinkeln. Und jetzt beginnt meine eigentliche Geschichte.

Ich gehe auf die Toilette, und hinter der Tür zum Männerabort komme ich in einen Vorraum. Dieser ist richtig wohnlich gestaltet. Ein Radio spielt, auf dem Tisch steht eine Blumenvase, ein Mann im weißen Kittel sitzt davor, liest in einer Zeitung, raucht und hat eine Tasse Kaffee vor sich. In einem Vogelkäfig, der neben dem Kellerfenster hängt, lärmen zwei Wellensittiche.

Ich gehe weiter durch eine Pendeltür und pinkle, wasche mir die Hände und gehe an dem Mann vorbei wieder raus. Will ich jedenfalls. Denn dieser Kerl ist inzwischen aufgesprungen und brüllt mich an: „Toilettenbenutzung zwanzig Pfennige!"

Nun lasse ich mich ungern anschreien. Und erst recht nicht, wenn ich mich im Recht wähne. Dann falle ich schnell in den Dialekt, und ich sage also: „Für et Pisse zahlen ich nie!"

Darauf – ja, was erwartete, befürchtete ich? Festnahme durch die Vopo? Verschärfung des Ost-West-Konflikts? –, darauf jedenfalls hält der Weißkittel in seiner auffahrenden Bewegung inne, hält den Kopf ruckartig still, als habe er wohl nicht richtig gehört, und, ja, er beginnt, die Mundwinkel nach oben zu ziehen, zu lächeln, und die Augen werden milde, und er sagt, mir die Hände entgegenstreckend: „Jong, küsste och us Kölle?" – Und er holt einen zweiten Stuhl herbei, bittet mich, Platz zu nehmen, begleitet alles in reinstem Kölsch, er schenkt mir Kaffee ein, und wir werden ein Herz, eine Seele, ein Köln.

Und dann erzählt er von sich: Er stamme aus Mülheim, sei richtig links gewesen („bei de Kommuniste, die hatten se jo verbodde, '56"), er habe dann was Kriminelles begangen („letztlich en Kleinigkeit") und sei der Strafverfolgung durch Grenzübertritt in die DDR entkommen.

Zuerst habe er die Pachttoilette am Bahnhof Friedrichstraße gehabt („Ich wullt in Berlin blieve, ich wullt nit in de Provinz; do mootste richtig arbeide"), dann sei die aber aus Sicherheitsgründen geschlossen worden, und jetzt sei er hier im „Ratskeller". Und die aus dem Westen trauten sich nicht oft in dieses Kellerlokal, die müssten ja außerdem sehen, dass sie ihren

Zwangsumtausch in den großen Restaurants loswürden.

Ja, „jo, jo, Kölle!" und „Dä Dom und dä Fastelovend; wann ich dodran nur denke, künnt ich kriesche". Aber bald habe er ja das Rentenalter erreicht. „Dann kummen ich tirecktemang!"

So. Ich will weiter. Und bald wieder rüber. Er reicht mir die Hand. Und da wir Kölner uns die ganze Zeit geduzt haben, sage ich ihm, als ich ihm ein Fünf-Mark-Stück auf den Münzteller lege: „Oder willste lever zwanzig Penninge vun ührer Osmark han?" „Danke", sagt er, „dat wor doch nit nüdig". Und: „Jröß mer Kölle"! Und dreht sich um.

P.S.: Im letzten Jahr war ich wieder in Berlin, allein, um die Verhüllungsaktion des Reichstags durch Christo und seine Frau Jeanne-Claude in progressio zu erleben.

Beim Bummeln durch die Stadt, in der Nähe vom Kaufhof am Alexanderplatz, fand ich mein altes Kellerlokal.

Es hieß jetzt „Kaiser-Wilhelm-Keller"; die Inneneinrichtung hatte man aufgemotzt, und auf den Tischen stand das Gewürzset der Firma „Hügli", mit Zahnstochern. Ich aß ein Schnitzel mit Kartoffelsalat, trank eine Cola, „Coca Cola", und ging nach dem Zahlen (zehnmarkzwanzig) noch auf die Toilette.

Alles gekachelt, alle Armaturen von Grohe und alles vollautomatisch. Die Benutzung war frei. Einen Toilettenwärter sah ich nicht.

(1996)

Der Mann hinter Böll

Schnell ist diese Geschichte erzählt; und sie ist wohl ohne Pointe.

Es ist elf Uhr, es ist Freitag, der 29. April 1983, als dem Schriftsteller Heinrich Böll das Ehrenbürgerrecht der Stadt Köln verliehen wird. Er ist der zweite Dichter, der ausgezeichnet wird, nicht wie der erste – Ernst Moritz Arndt – Pommer, Sohn eines ehemaligen Leibeigenen, sondern Rheinländer, Kölner gar, und Sohn eines mittlerweile verstorbenen Kunstschreiners. Der Ehrenbürgerbrief spricht von Köln als der *Vater*stadt Bölls.

Eine Stadt, diese Stadt hat viele würdige Söhne und Töchter. Den Heinrich Böll kennt man aber in der ganzen Welt, man weiß, dass er Kölner ist, man hat ihn schon anderwärts ausgezeichnet, sogar mit dem Höchsten, was seine Branche zu vergeben hat. Und da reagiert dann auch die Stadt Köln ganz schnell: Nur elf (!) Jahre nach dem Literaturnobelpreis verleiht der Rat nach seinerzeit äußerst peinlicher, heute irritierend amüsanter Debatte seinen Brief.

Und alle sind an diesem Freitag dann da. Alle, die bei sowas dabei zu sein haben. Alle Literaturkenner und Bölls, alle Freunde Kölns. Und diese Alle sitzen in der Piazzetta genannten Halle mit Treppenaufgang im Rathaus und hören Reden vom Oberbürgermeister, von Carl Amery und *Prof.* Heinrich Böll, wie das Programm betont. Am Ende spielt ein Herr Liesmann auf dem Violoncello. Es folgt noch ein Umtrunk.

Verf. gehört nicht zu Allen, war also nicht dabei. Dabei war aber M.N. Der Mann hinter Böll.

M.N. saß in der dritten Reihe, zwei Reihen hinter Böll, etwas versetzt, aber noch zentral. – Und so kann man ihn fünfmal sehen, auf den Bildern, die in der Erinnerungsbroschüre der Stadt an diesen Festakt abgedruckt sind. Und schaut Böll auf einem Bild, wie die Unterschrift ausweist, „nachdenklich", schaut auch M.N. nachdenklich. Und wird Böll auf einem anderen Foto „gelöste Stimmung" unterstellt, zeigt M.N. diese auch.

Der Mann hinter Böll gehört offensichtlich dazu. Er sitzt vorn und zentral, er ist mit dem Nobelpreisträger emotional auf gleicher Schiene, er kann es sich erlauben, unter grauem Jackett einen weißen Rollkragenpullover zu tragen. Er könnte Sozialdemokrat sein.

M.N. ist wer. Er besitzt alle nur denkbaren Führerscheine. Er kann Busse, Ballons und Straßenbahnen lenken, und den Ortsverein Nippes der SPD. Und wenn der Hundert wird, kommt auch Herbert Wehner und lacht, in Köln-Nippes.

Dieser Mann ist wer. Und wer es nicht wissen sollte, eigentlich unvorstellbar, dem wird es rasch beigebracht: Dieser Mann gehört zu einer ganz seltenen Spezies. Er sei einer, weiß jeder, sagt man jedem, sagt er jedem, der in brauner Zeit Juden versteckt und gerettet habe. Er hat großes Ansehen deswegen in der Stadt. Er ist dafür in Israel geehrt worden.

Und so sitzt er denn auch an diesem Freitag im Jahre 1983 unter Ehrenbürgern, Literaten und Honoratioren der Stadt Köln.

Und als wenige Jahre später herauskommt, dass alles gelogen war und erschlichen, die Story erfunden, aus deren Eigendynamik man sich nicht mehr lösen konnte, war großes Zähneknirschen bei Offiziellen und Schuldzuweisen auf den M.N. aus Köln.

In Köln! Wo man sich doch immer brüstete, Hitler bei seinen Besuchen in der Stadt die kalte Schulter gezeigt, ihn sogar frostig empfangen zu haben. Und wo man doch eigentlich immer schon wusste, und es jetzt offiziell auch weiß, dass man auch nur Mitläufer, Stadt unter Städten war, auch eine, die Hitler enthusiastisch umjubelte, auch eine, die Hitler die Ehrenbürgerschaft verlieh.

Aber diese Enthüllungen bewiesen ja nicht, dass M.N. Nazi gewesen sei. Sie bewiesen, dass er nicht die positiven Taten zum Schutz von Juden unternommen hatte, deren er sich rühmte. Und das ist ein gewaltiger Unterschied.

M.N. wurde in Folge geschnitten, isoliert, gesellschaftlich vergessen. Eine traurige Geschichte ist es dennoch. Wie traurig ist die Geschichte einer Stadt, deren wenige Gerechte anzuzweifeln sind.

M.N. hat nicht Böses getan. Er hat nur das Gute, für das man ihn überschwänglich lobte, das ihm Eintrittsbillett zu vielem war, *nicht* getan. So eine Person, so eine Gestalt könnte von einem Schriftsteller erfunden sein. Und so gehörte M.N., der Mann hinter Böll, doch in diese Festversammlung.

(1998)

Der Melonenesser

Sollte man die Polizei rufen? Oder war das Hysterie, schlicht übertrieben? Es war doch erst sieben Uhr.

Es war schon sieben Uhr am Abend. Aber es war noch hell, es war Sommer. Was ist da schon sieben Uhr? Im Herbst, im Winter, hätte man schon längst, da schon um sechs, die Polizei alarmiert. Jedenfalls daran gedacht, sie bald anzurufen. Die Verantwortung weiterzugeben; zu teilen wenigstens.

Aber jetzt im Sommer! Da es bis neun, zehn hell blieb, man sich gewöhnt hatte, in die Nachtstunden hinein draußen zu sein!

Am frühen Nachmittag, nach Schule und Essen, war Markus weg gewesen. Das war nicht neu; aber er war ganz weg; sonst war er zwischendurch mal kurz reingekommen, hatte dies geholt und jenes zurückgebracht, man hatte ihn aus irgendeiner Richtung rufen, lachen, schreien, mit dem Fahrrad klingeln gehört, Freunde nach ihm fragen gehabt, die ihn dann wohl gefunden hatten, kamen sie doch nicht wieder.

Diesmal war er weg, einfach so, aber ganz. Der Vater war um sechs Uhr von der Arbeit gekommen, heim in das kleine Haus am Rheinufer mit dem Gemüsegarten dran. Hatte die Erde was gelockert und dann auf sieben Uhr gewartet, den Jungen, das Abendessen.

Wir warten noch bis acht Uhr, sagte der Vater, aber wir essen schon.

Es ist acht, und die Zeitung ist dann auch gelesen, und ich gehe noch mal in den Garten. Der Garten ist klein und schnell umrundet und schnell durchquert. Ich gehe noch zum Rhein, und um neun rufen wir an; spätestens.

Der Rhein weitet sich hier. Die Enge der Mittelgebirge hat er schon lange hinter sich und damit die offizielle Romantik. Auch Rheinkilometer 688 mit Dom und Kernstadt, weit rechter Hand. Gegenüber die Anlagen von Bayer Leverkusen, man ahnt den Niederrhein. Und an manchen Tagen die Übergänge in die Niederlande und zum Meer.

Wo ist der Junge nur? Und: Was machen wir jetzt? Die Frau steht im Garten, die Hände in die Hüften gestützt, und sagt: Jetzt rufst du die Wache an. Das tut er; und hier im Norden ist nur eine Baracke, um diese Zeit spärlich besetzt, und einer sagt: Es ist doch Sommer, und der Junge ist zwölf. Rufen Sie Freunde an. Um zehn dann wieder mich.

Den Markus hat keiner gesehen. Keiner, nach der Schule. Wenn es ein Mädchen wäre, und kleiner, sagt der Mann. Du bist ein Arschloch, sagt die Mutter.

Der Beamte sagt um zehn: Ich bin allein hier, wollen Sie eine Ringfahndung?! Wissen Sie, wie viele Kinder jetzt noch draußen spielen? Fragen Sie noch mal rum. Halten Sie mich auf dem Laufenden. Die Mutter setzt sich in den kleinen Garten; es ist noch warm, jetzt dunkel. Es surrt und zirpt. Sie sitzt auf der Bank und wartet.

Der Vater geht wieder zum Rhein. Es ist Mitternacht. Und durch das Mondlicht, das in Bahnen beleuchtet, meint man, der breite, kaum gefasste Strom bei Bayer sei der Mittelrhein bei Kaub. Gras geht in Kies und Stein über, Sand. Das Rheinwasser kräuselt sich zu seinen Füßen hin. Schiffe tuckern; grüne und rote Positionslampen ihm zugewandt, wenn es Talfahrt ist und Bergfahrt. Das Tuckern verschwindet, der Rhein wird wieder hörbar.

Der Mann geht jetzt mit dem Strom. Der zieht ihn mit; läuft, schwimmt ihm nicht davon; zwingt ihn zu zügigem Schritt. Die Uhr hat er vergessen. Die legt er immer zuhause ab, wenn er vom Dienst heimkommt. Die Uhr ist die Arbeit.

Einmal ist er gestolpert, aber müde ist er nicht, wird er nicht. Hat er den Jungen vergessen? Nein, er sucht ihn ja. Und die Frau ist daheim, und der Polizist auf der Wache.

Die Neonlichter des Werks auf der rechten Seite sieht er nicht mehr. Und die Sonne beginnt damit, sich über den Horizont zu schieben. Und da sieht er den Markus. Der sitzt auf einem Baumstumpf, angeschwemmt vom letzten Hochwasser. Der sitzt da, hat eine halbe Wassermelone auf dem Schoß und schneidet sich mit dem großen Brotmesser, unserem Brotmesser, denkt der Mann, eine Scheibe ab, hält sie mit der Linken, piddelt die schwarzen Kerne raus und schnippt sie weg. Schaut wieder in den Rhein, und kaut, und schneidet weiter.

Der Vater steht hinter Markus. Der wischt noch das Messer an der Hose ab und steht auf. Ich wollte zum Meer, sagt Markus. Es ist zu weit.

Er steht also auf und stapft mit dem Vater das Ufer zur Straße hoch. Das Polizeiauto nimmt sie auf. Es ist sechs Uhr. Und fahren über die Autobahn und sie sehen den Dom, dessen Türme vor dem nun vollen Sonnenball. Es ist Hochsommer.

(1998)

Der Taubenbrunnen von Ewald Mataré

Man hat den Dom, und als Kölner wird man wohl tausendmal vor diesem Trumm gestanden haben. Jaja, unser Dom, eben: der Dom.

Nur fünfzig Meter entfernt, vor dem Westportal, leicht versetzt, unterhalb von drei Stufen zur Domplatte, die allein übrig geblieben sind von den Treppen und Auffahrten zum Domhügel, da findet man einen kleinen Brunnen. Man muss schon hinsehen.

Es ist keine Fontana di Trevi, nicht mal der große Petersbrunnen „Drüjer Pitter", der seine Standorte schon fast überall um den Dom herum hatte. Nichts mit Gischt, Wasserfahne, Delphinen, Fischen und Neptun. Nein, nur eine flache Schale, eine Kuhle, ein Kreis. Und drum herum ein Oval, der Boden ist ausgelegt mit Mosaiksteinchen, wie aus einem Geometriebuch. Es erinnert an ein Auge, mit Pupille. Blau sind die Steinchen, und weiß, und schwarz. 1953 hatte Ewald Mataré das Brünnchen fertig. Und durch die Kuhle zieht sich, wie gesagt im Kreis, eine Spirale, durch die Wasser linksherum läuft. Das Wasser kommt aus einem Basaltblock, ein Klotz, aber nicht klotzig. Zwei kleine Geländer geben Schutz, halten die Leute ein wenig ab, ein bisschen.

Als Kind wollte ich immer, wenn wir in der Nähe waren, zuerst zum Taubenbrunnen. Der war klein wie ich, den konnte ich gut überblicken, da konnte ich was mit anfangen, da konnte man ein Zettelchen schwimmen lassen und mit den Augen begleiten. Und im Sommer konnte man sein Taschentuch, nicht aus Papier, nein, richtig aus Stoff, ins Wasser tunken, sich die Stirn wischen oder es in den Nacken legen. Und die Spatzen hüpften so nett und suchten was zum Picken. Und wenn eine Taube kam, wurde die verjagt. So war das damals. Da gab es Spatzen noch zuhauf. Jetzt haben wir nur noch Tauben und die kacken alles voll. – Diesem kleinen Brunnen hatte ich mich verschrieben. Damals war mir der Dom noch zu groß, bis in die Wolken ragte der. Der kam später dran.

Am 17. April 1950 machte der Bildhauer Ewald Mataré den ersten Eintrag in sein Tagebuch, dass er in Köln einen Taubenbrunnen vorschlagen will, für den Platz vor dem Hauptbahnhof. Dort würden die Menschen immer Tauben füttern, und dann sollten die Tauben auch etwas zu trinken haben.

Am 4. August 1953 wurde der Brunnen dann eingeweiht, aber nicht vor dem Bahnhof. Das Gelände gehörte der Bahn, und die wollte nicht. Da sprang der Stifter ein, die Bank für Gemeinwirtschaft, die es schon lange nicht mehr gibt. Und vor deren Haus fand der Brunnen seinen Ort. In dem Haus ist jetzt das Domforum.

Mataré schreibt in seinem Tagebuch von fünfzig Leuten, die dabei waren, als der Oberbürgermeister Görlinger sprach, dass es eine Urkunde gab und dass jemand „La Paloma" auf der Trompete blies. Und dass eine Flasche Steinhäger geköpft wurde. Und dann habe das Wasser in drei kleinen Strahlen seinen Weg gesucht und gefunden. Vor Freude habe der Trötenmann noch zwei Strophen gespielt. Und am Ende, so gegen neun Uhr des Abends, sei die ganze Korona zu Denant gezogen, einem Lokal, das es damals noch gab.

Der Taubenbrunnen war in Köln der erste Brunnen nach dem Krieg, und der erste moderne, abstrakte. Da denkt man nun, dass so etwas geschätzt wird, dass man damit ordentlich und angemessen umgeht. Aber nein, und da ist Köln dann doch nur Köln. Man hat hier aber auch so viel, wo andere Städte und

Länder sich die Finger nach lecken! Vielleicht zu viel.

Wie oft schon sind Mosaiksteinchen fortgebrochen, dann wurden mal alle blauen abgekratzt. Gerade die blauen, die wie Splitter das Blau des Himmels spiegeln sollten! Die zierliche, fein ziselierte flache Schüssel mit widerlichen Flecken und Placken. Dann lief lange Zeit kein Wasser mehr. Und die Bänke, die mal hier standen, sind schon lange weg. Da könnten ja Penner drauf liegen. Du lieber Gott! – Die blauen Steinchen hat man mittlerweile wieder eingesetzt.

Ewald Mataré, der große Bildhauer und Maler, hat gewusst, wie man eine Brücke schlägt: Das Intime und Zerbrechliche des Brünnleins in unmittelbarer Nachbarschaft zu dieser tausendfachen Ansammlung von Filigranem an diesem Riesengebirge Dom, an dessen Südportal die Ecke rum er die Türen gestaltet hat, zusammen mit seinem Lehrjungen Beuys.

Der große, schwarze Dom, die kleine Kuhle, mit ihren Wassertropfen für Vögel und Hunde, Kühlung für Stirn und Hände, ein kleiner Platz, um ruhig zu werden in dem Gebrabbel, Geschrei und Gerenne.

Als unser Sohn noch klein war und gerade laufen konnte, wollte er immer zum Taubenbrunnen und lief dem Wasser in der Spirale nach. Jetzt arbeitet er direkt nebenan im Domforum, beim domradio.de

(2017)

Der wandernde Weihnachtsbaum

Die offiziellen Abholtage der Müllabfuhr waren längst vorbei. Als besonderer Service wird ja die kostenlose Entsorgung – wie heute alles heißt, was irgendwie weg muss – der Weihnachtsbäume angeboten.

Ein „Amt für Abfallwirtschaft, Stadtreinigung und Fuhrwesen" lässt einen eigenen Abfallkalender verteilen, in dem sich unter dem Rubrum „Wohin mit ...?" eine alphabetisch geordnete Liste von Entsorgungsgut findet. Neben „Altfett", „Bauschutt", „Kühlgeräte", „Tierkadaver" werden als letztes „Weihnachtsbäume" aufgeführt.

Für die dritte Januarwoche wird die kostenlose Abholung angeboten. Man rät: „Bitte stellen Sie ihn, von allen Schmuckresten befreit, am Abfuhrtag entweder neben die Standplätze für Müllgroßbehälter oder zerkleinert neben die zur Entleerung bereitgestellten Abfallgefäße." Das klingt generös und verbraucherfreundlich. Ich habe aber ein Problem: In ganz wenigen Dingen, aber da auch dann konsequent, bin ich ein konservativer Mensch. Und für mich endet – und das ist bei uns in der Familie alte Tradition – die Weihnachtszeit weder an Silvester noch „irgendwann" im Januar oder in der dritten Januarwoche, wie mir das „Amt für Abfallwirtschaft, Stadtreinigung und Fuhrwesen" nahelegt. Nein, die Weihnachtszeit endet mit Mariä Lichtmess am 2. Februar.

Aber da stand ich nun mit meinem Baum. Befreit von allem Schmuck, der wieder wohlverpackt in den Schachteln lag, die wiederum in die drei großen Kartons mit der Aufschrift „Weihnachten" eingeräumt waren, befreit auch von allen Schmuckresten (kein Lamettafädchen war mehr zu sehen und hätte ja auch ganz andere und neue Entsorgungsprobleme aufgetan, siehe „Wohin mit ... Aluminium?"), so stand mein Baum da, fast nackt, umgeben von herabgerieselten Nadeln. Ich ließ es Abend werden, denn wer so etwas wie die Weihnachtszeit korrekt einhält, ist ein Außenseiter und sollte ein schlechtes Gewissen haben. Ich hatte eins. Und ich hatte diesen restlos abgeschmückten Weihnachtsbaum. Und ich hatte keinen Abholtermin.

Morgen war Mülltag, in der Nähe war ein Standplatz für Müllgroßbehälter. Zwei Weihnachtsbaumabholvoraussetzungen, die mich wieder an die Legalität heranführten. Es heißt ja „Gebt Gott was Gottes, und dem Kaiser was des Kaisers". Ersterem billigte ich die volle Weihnachtszeit zu, letzterer sollte sich un die Müllabfuhr kümmern. Das Schicksal sollte entscheiden.

Am späten Abend ließ ich den Baum aus dem Wohnzimmerfenster im ersten Stock aufs Trottoir fallen, lief dann – die Treppenhausbeleuchtung drückte ich natürlich nicht an – tastend nach unten, nahm dieses Wrack von Nadelbaum auf und brachte es zu besagtem Standplatz. Ich trat ein paar Schritte zurück, ich glaube, keiner hatte mich gesehen.

Der nächste Morgen sollte es bringen: Würde die Müllabfuhr großzügig sein, würde sie das, was in der dritten Januarwoche möglich war, auch in der ersten Februarwoche möglich sein lassen? Oder würde sie sich buchstaben- und datengetreu an ihr theoretisches Organ, die „sehr informative Broschüre" „Abfallkalender", halten? – Um es kurz zu machen: Sie hielt sich.

Als ich nach der Arbeit heimkam, waren alle Müllgroßbehälter vom Standplatz entfernt, nur mein Baum – auf seine breiten unteren Äste gestützt – stand halbschräg da. Es war traurig, richtig bedrückend, und ich ging schnell weiter, ich wollte nicht in der Nähe dieses Corpus

Delicti gesehen werden, möglicherweise noch betroffen wirkend.

Als ich am späten Abend aus der Kneipe kam, mein Weg wie zufällig am Müllgroßbehälterstandplatz vorbeiführte, war mein Baum weg. Ja, er war weg!

Wie das? Gab es nächtliche Müllabfuhreinsätze, von denen ich nichts wusste? Gab es Müllentsorgung jenseits aller Abfallkalender? – Nun, meine aufkeimende Euphorie, aller Lasten ledig zu sein, wurde bald und nachhaltig gedämpft. Dreißig Meter weiter lag mein Baum zwischen zwei geparkten Autos.

Aber: Wieso mein Baum? Er gehörte doch gar nicht mehr mir, war nicht mehr in meiner Wohnung. Aber er war noch da, immer noch nicht endgültig entsorgt, und jetzt weniger denn je, war er doch – wie auch immer – nicht mehr auf dem dafür von der Stadt Köln vorgesehenen Standplatz.

Was tun? Ich geriet in leichte Panik und tat nichts. Ich ging nach Hause. Und als ich am nächsten Morgen von Gejohle auf der Straße wach wurde und zum Fenster hinausschaute, sah ich vier Schulkinder, die juchzend und schreiend den Weihnachtsbaum hinter sich herzogen.

‚Ihr lieben, goldigen Kinderehen’, dachte ich, ‚spielt nur eifrig mit dem wenigen, was die Natur in grauer Großstadt hinterlässt, einem alten, abgefeierten Weihnachtsbaum! Aber immerhin ein Baum, aus einem Wald, Teil der unergründlichen Natur! Und nehmt ihn bitte mit, ganz weit weg!’

Glücklich, ja versonnen, schaute ich unserer Jugend nach, die diese – ehemals mir gehörende, jetzt aber ihr gewidmete – Nadelbaumruine durch den Rinnstein am Lack der parkenden Autos vorbeizog.

Am nächsten Tag sah ich diesen Baum auf einer Verkehrsinsel an der Nord-Süd-Fahrt. Ja, es war meiner, ohne Zweifel. die leicht gekrümmte Spitze verriet ihn. Aber mich nicht! Ich eilte weiter.

Zwei Tage später musste ich zum Eigelstein. Ich musste keineswegs über die Nord-Süd-Fahrt, aber warum nicht auch mal durch diesen Teil unserer Stadt fahren? Der Baum war weg. Ich schaute mich um, nein, er war nicht zu sehen.

Endlich erleichtert fuhr ich weiter, und als ich in eine Seitenstraße bog, sah ich ihn dann doch.

Es war ja mittlerweile Karnevalszeit, und über dem Eingang einer Szenekneipe saß ein ausgestopfter Nubbel. Und der hielt einen mit bunten Bändern geschmückten Weihnachtsbaum in der Hand. Das war nicht mehr mein Weihnachtsbaum, jetzt war es der des Wirts. Und hoffentlich hat der einen Abfallkalender.

(1994)

Der zweifache Tod Käspers

Als Käsper das erste Mal starb, war ich dabei. Mein Freund Käsper war um die fünfzig, wirkte wie ein Grizzlybär, sein massiger Körper war hochgewachsen, nahm er ein Bierglas in die Hand, verschwand dieses in der Pranke, und viele verschwanden. Die Haare hatte er zurückgekämmt, „Hoore em Jeseech kann ich nit ligge", sagte er.

Wenn er in die Kneipe kam, war er ihr stiller Mittelpunkt. Er kam jeden Tag, außer am Ruhetag natürlich, da ging er nebenan.

Wie eine Säule stand er an der Theke, trank sein Kölsch und seinen Kabänes. Später, so zwei Jahre vor seinem ersten Tod, saß er nur noch auf seinem Hocker und trank mehr Kabänes als Kölsch.

Vor zehn Jahren hatte ich ihn in dieser Kneipe kennengelernt. Er stand an der Theke, vor sich – wie ich mit der Zeit merkte – einen leeren Hocker, von ihm nie benutzt, und trank Kölsch und Kabänes.

Es war früher Nachmittag, die Sonne wärmte durch das bunte Bild des Fensters mit dem Brauereiwappen, das Lokal war fast leer, die

Musikbox stand still, nur Käsper war da, trank und würfelte mit dem Wirt. Ich schaute eine Weile zu, wurde bemerkt und durfte mitspielen. Ich kam schnell in ihren Spielrhythmus rein, ich kannte „Barenbeck" schon. Käsper verlor die erste Runde, fragte mich, was ich tränke, „Kölsch", und er bekam ungefragt seinen Kabänes, „kei Kölsch, dat es mer zovill Flüssigkeit".

Als der Wirt mich einmal betuppen wollte, stand Käsper mir bei. Das war die Zeit, als Käsper noch arbeitete. Seine Kraft war sprichwörtlich; hatte einer der Gäste etwas Schweres zu transportieren, Käsper kam, und mit Leichtigkeit wurden Schrank, Ofen und Kisten weggehoben und an ihren Ort befördert, mit der Eleganz, mit der er das Schnapsglas mit Kabänes in seine schwere Hand nahm und ungefährdet bewegte.

Käsper arbeitete bis zu seiner schweren Krankheit als Fahrer, er konnte sich seine Zeit einteilen und stand den Tag über ab Mittag in der Kneipe.

Er hatte zum zweiten Mal geheiratet, seine erste Frau hatte sich wegen seines Suffs von ihm getrennt, und seine zweite Frau hatte er hier kennengelernt. Sie arbeitete regelmäßig, jeden Wochentag von neun bis halb sieben in einem Geschäft, nach Ladenschluss holte sie ihn ab, trank drei, vier Schnäpse, lächelte ihren starken, ruhigen Mann an, und dann gingen sie nach Hause.

Der Wirt war gleichzeitig Präsident eines Karnevalsvereins, der sich zum Hauptteil aus Stammgästen zusammensetzte. Käsper war im Vorstand des Vereins, organisierte den Karnevalszug, kümmerte sich um die Kamellen, die geworfen werden sollten, und er besaß eine schöne Uniform mit rotem Rock. Er brauchte sich Karneval und auf den Sitzungen nicht zu maskieren, er ging die Karnevalstage nur in seiner Uniform umher, würdig, massiv, beeindruckend, und auf dem Kopf hatte er die offizielle Narrenkappe mit echten Brillanten, und so stand er an diesen Tagen auch an der Theke.

Käsper war im Verein beliebt, seine ruhige Art, sein bedächtig-kölscher Humor, seine Körperstärke, seine Standfestigkeit bei Lokal- und Thekenrunden machten ihn zu einem Pfeiler des Vereinslebens.

Aus Anlass seiner zweiten Hochzeit hatte sich Käsper eine Hausbar eingerichtet, mit einer richtigen Theke, mehreren Hockern vor und hinter dem Tresen. Jeden Tag erzählte er in der Kneipe von seiner Hausbar. Seit seiner zweiten Heirat hatte sein Leben neuen Sinn, er baute sich eine Alternative auf.

Als Käsper das erste Mal starb, benutzte er schon seit Monaten den Hocker, der immer vor ihm gestanden hatte. Und er trank noch weniger Bier und noch mehr Kabänes. Sein Gesicht wurde grau, und seine Grizzlybär- pranke zitterte leicht, machte weite Wege, wenn sie das Schnapsglas packte. Natürlich würfelte er noch, aber weniger, und die massi- ve Ruhe, die ihn sonst umgab, wandelte sich in dumpfes Brüten. Dann war Käsper plötzlich im Krankenhaus, er habe eine tödliche Krank- heit, hieß es an der Theke. Wochenlang kam die Theke nicht zur Ruhe, jeder, der in die Kneipe reinkam, fragte nach ihm.

Und dann war Käsper tot. Ich stand eines Abends an der Theke, unterhielt mich mit meinem Nebenmann, als das Telefon klingelte. Das Lokal war gut besucht, die Theke war voll, an einem der Tische lärmte eine Familie, an einem anderen beweinte ein Ausländer sein

Schicksal, mit einer älteren deutschen Frau verheiratet zu sein. In einer Ecke wurde Skat gespielt, ein junges Pärchen hielt sich fest, trank wenig und tuschelte über die anderen Gäste. Es war wie immer. Da bemerkte mein Thekennachbar den weinenden Wirt, der zuckte mit den Schultern, hielt den Hörer ganz dicht ans Ohr, wandte sich noch mehr ab und schluchzte leise. Dann legte er auf und stieß hervor: „Käsper es duud!"

Die Theke war sofort stumm, und nach kurzer Zeit wurden die Leute an den Tischen aufmerksam und still. Es wurde viel geweint, leise, verhalten, manche flüchteten auf die Toilette, Frauen schnäuzten laut in Tempo-Tücher. Einer machte den Anfang: „Vielleicht is et besser su!" Dann: „Dat wor doch nur noch en Quälerei!" Dann wurden die ersten Getränke wieder bestellt. Die Kabänestrinker sagten: „Dat hätt hä och immer jedrunke!", und man sprach von Käsper, und alle blieben länger als üblich und tranken mehr, viele weinten zwischendurch, und die Älteren erzählten von Käsper, seiner Ruhe, seiner Ehrlichkeit beim Spiel, seinen Verdiensten im Karnevalsverein. Der Wirt gab eine Lokalrunde. So starb Käsper das erste Mal.

Am anderen Morgen hieß es, Käsper lebe und werde nächste Woche aus dem Krankenhaus entlassen. Der Anruf mit der angeblichen Todesnachricht entpuppte sich als schlechter Scherz einer befreundeten Witwe, die früher einmal vergeblich ein Auge auf Käsper geworfen hatte. Sie erhielt Lokalverbot.

Als Käsper nach einer Woche in die Kneipe kam, setzte er sich direkt auf seinen Hocker, trank Wasser und Kabänes und wollte nicht mehr würfeln. Er sagte nur „Todjesagte leben länger!", und ließ dann auch bald den Kabänes aus dem Leib. Es war nicht mehr wie früher. Käsper störte; er saß da, ein grauer Klumpen, stumm wie ein Fisch, und soff Wasser. Er verzehrte nur noch wenig, er nahm Leuten, die mehr ausgaben, den Platz an der Theke weg. Seine Mitgliedschaft im Karnevalsverein ruhte, die Brillantenmütze wurde als dem Verein gehörig bezeichnet und ihm abgenommen. Ab und zu trank er dann doch noch einen Kabänes, er zuckte mit den Mundwinkeln beim Trinken, und die Leute an der Theke guckten weg.

Die Tränen für Käsper waren schon vergossen. Acht Wochen nach seinem Wiederauftauchen wurde Käsper wieder ins Krankenhaus eingeliefert. Zwei Tage später war er tot.

An seiner Beerdigung konnte ich aus Termingründen nicht teilnehmen.

(1996)

Die Kölner Ringe

Seit vielen Jahren gibt die Ursula-Kuhr-Schule einen Kalender mit Schülerarbeiten heraus. In Abständen werden Themen aus der kölnischen Stadtgeschichte gewählt. So beschäftigten sich zum Beispiel der Kalender 1985 mit dem „Romanischen Jahr" und der Kalender 1989 mit der 700. Wiederkehr der „Schlacht bei Worringen".

Die Neugestaltung der Ringe in den letzten Jahren, das so erfolgreiche Ringfest im Herbst 1988 und zunehmende Akzeptanz der Ringe als großstädtische Boulevards durch die Bevölkerung der Stadt selbst, aber auch der engeren und weiteren Umgebung, führten zum Kalenderthema 1990 „Die Kölner Ringe".

Das Etymologische Lexikon des Duden notiert unter dem Stichwort BOULEVARD:

— „,breite (Ring)straße': Entlehnt aus frz. boulevard (aus mniederl. bolwerk, das dt. Bollwerk entspricht). Die Ringstraßen verlaufen oft im Zuge alter Stadtbefestigungen."

Nun hat Köln eine zweitausendjährige „Bollwerk-Vergangenheit", hat die Stadt in ihrer

Geschichte oft eine wichtige militärische Bedeutung gehabt:

— als befestigte römische Kolonie mit einer
  fast vier Kilometer langen Mauer,
— als größte mittelalterliche Stadt nördlich
  der Alpen mit einem 5,5 Kilometer langen,
  niemals eroberten Mauergürtel,
— als westliche Speerspitze Preußens gegen
  Frankreich nach 1815 mit zahlreichen vor-
  gelagerten Festungsbauten und Fortifikati-
  onen.

Doch jetzt zu Köln und seinen RINGEN.
„Die Ringe", besser: die breiten Straßenzüge,
die sich halbkreisförmig wie ein gebrochener
Ring um die mittelalterliche Stadt, heute: Innenstadt, legen, sind ein Produkt des späten
19. Jahrhunderts.

Bevölkerungszuwachs, Entwicklungen von
Handel und Gewerbe, die zunehmende Ex-
pansion des Bürgertums machten seit der Mitte des vorigen Jahrhunderts eine Ausdehnung
über die zu eng gewordenen Grenzen des immer noch vom Mittelalter her bestimmten
Stadtgebietes notwendig. Ehemals selbststän-
dige Gemeinwesen wurden als Vororte eingemeindet, nun galt es, den breiten, aus militärischen Gründen unbebauten Gürtel zwischen

mittelalterlicher Stadtmauer und Vororten wie Klettenberg, Sülz, Ehrenfeld, Longerich, Niehl mit Bebauung zu schließen und somit Peripherie und römisch-mittelalterliches Zentrum dieser aufblühenden rheinischen Stadt zu verbinden, zu verknüpfen. Dieser unbebaute Gürtel bestand aus militärischen Gründen – auf dem breiten Schussfeld (Rayon) sollte sich kein Hindernis entgegenstellen. Doch das Geschützwesen hatte sich seit der Mitte des 19. Jahrhunderts weiterentwickelt, die Befestigungsanlagen konnten weiter vorgelagert, die Rayon-Fläche konnte zur Bebauung freigegeben werden.

Man plante eine „Neustadt" und orientierte sich dabei vor allem an dem Vorbild Wien. Nun war Wien damals Hauptstadt der Doppelmonarchie Österreich-Ungarn, war eines der großen europäischen Macht- und Kulturzentren. London, Paris, Wien und St. Petersburg waren die europäischen Metropolen mit Weltgeltung. Berlin, die Hauptstadt des erst seit 1871 bestehenden Deutschen Reiches, versuchte als Newcomer, sich dazwischenzudrängen.

Und Köln, die größte und bedeutendste Stadt des deutschen Mittelalters, war jetzt nur noch die größte Stadt der preußischen Rheinprovinz, am westlichsten Rand des neuen Deutschen Reiches, das sein Zentrum hunderte Kilometer weiter östlich hatte.

Dennoch, oder gerade deswegen, ermutigte sich die starke Kölner Bourgeoisie, sich in ihren Bauplänen der „Neustadt" am derzeit modernsten Beispiel, eben Wien, zu orientieren.

Die mittelalterliche Stadtmauer sollte geschleift, die alten Gräben sollten zugeschüttet und eine Folge von breiten, sich aneinander anschließenden Ringstraßen von Boulevardcharakter angelegt werden. In das alte Schussfeld hinein sollte die Neustadt angelegt werden: mit Parallel-, Quer- und Diagonalstraßen, sternförmigen Plätzen, mit durch Platzierung, Größenordnung und künstlerische Gestaltung hervorgehobenen profanen und sakralen Bauten.

Ein Wettbewerb wurde unter Architekten ausgeschrieben, den Josef Stübben gewann. Noch heute erinnert eine Gedenkplakette an der Feldseite des Hahnentors an ihn. Seit 1880 plante, seit 1881 führte Stübben die Stadterweiterung durch. Die Ringe bestanden aus zehn Straßen, die aufeinanderfolgten, aber unterschiedlich in Breite und Gestaltung waren;

es sollte Abwechslung herrschen und Bezug zu den unterschiedlichen Wohnquartieren hergestellt werden.

Die zehn Ringabschnitte wurden in geschichtlicher Reihenfolge nach den in Köln lebenden und herrschenden Machtkonstellationen benannt (von Süden nach Norden):

Ubierring – Karolingerring – Sachsenring – Salierring – Hohenstaufenring – Habsburgerring – Hohenzollernring – Kaiser-Wilhelm-Ring – Hansaring – Deutscher Ring (jetzt Theodor-Heuss-Ring).

Vier größere und zwei kleinere Plätze wurden angelegt (in der Folge von Süden her):

Chlodwigplatz – Barbarossaplatz– Zülpicher Platz– Rudolfplatz – Friesenplatz – Platz am Deutschen Ring (heute Ebertplatz).

Öffentliche Gebäude wurden an die Ringe gelegt, um den großstädtischen Charakter zu betonen: u.a.

Opernhaus, Kunstgewerbemuseum, Hohenstaufenbad, Rautenstrauch-Joest-Museum, Maschinenbauschule, Hansagymnasium.

In der Neustadt wurden Kirchen gebaut und mit ihrer Schauseite auf die Ringe hin orientiert. Dafür wurde sogar die jahrtausendealte Ostung von Sakralbauten (Altar im Osten, also in Richtung Jerusalem) aufgegeben:

Lutherkirche – St. Paul – Herz-Jesu – St. Michael – Christuskirche – St. Agnes.

Im Namen der Agneskirche spiegelt sich etwas von den damaligen Besitz- und Machtstrukturen wider:

Peter-Josef Roeckerath besaß aus der Mitgift seiner Frau nördlich der Eigelsteintorburg ausgedehntes Acker- und Brachland, das er im Neustadt-Bauboom als Spekulant sehr günstig verkaufte. Als Dank (an wen?) stiftete er die nach dem Dom größte Kölner Kirche und benannte sie nach seiner Gattin Agnes.

Die Ringe erlebten ihre Blütezeit in den sogenannten Gründerjahren, in der über vierzigjährigen Friedens- und Expansionszeit des Deutschen Reiches bis zum Ersten Weltkrieg. Die allgemeine Verelendung und eine architektonische Geringschätzung in den 20er-Jahren brachten einen ersten Niedergang der Kölner Boulevards. Die Nazis nutzten die Ringe und ihre repräsentativen Bauten für ihre Aufmärsche und Selbstdarstellungen. Durch die Bombenangriffe des Zweiten Weltkriegs wurden

fünfundzwanzig Prozent der Ring- und Neu-
stadtbebauung zerstört. Weitere fünfundzwanzig Prozent wurden in den 50er-Jahren unwie-
derbringlich dem Erdboden gleichgemacht.
Dafür gab es verschiedene Gründe:

— eine neue Spekulationswelle (Neubauten
  ließen sich intensiver nutzen, verkaufen
  und vermieten, z.B. Bürobauten),
— die Preisgünstigkeit von schnell errichteten
  Neubauten im Gegensatz zu langwierigen
  und kostspieligen Rekonstruktionen und
  Ergänzungen,
— eine Missachtung der Baustile der Grün-
  derjahre,
— die Rückverlagerung von kulturellen Zen-
  tren in die schwer zerstörte Innenstadt (so
  wurde das beschädigte, aber nicht zerstörte
  Opernhaus abgebrochen, ein Neubau in
  der Glockengasse vorgenommen. – Wie
  anders man schon zwanzig Jahre später
  dachte, zeigt das Frankfurter Beispiel, wo
  die Ruine des Opernhauses unter größten
  Mühen und Kosten wiederhergestellt und
  kulturellen Zwecken wieder geöffnet wurde).

Die Ringe verkamen, eine „wilde", konzeptionslose Bebauung und Gebäudenutzung korrespondierte mit einem Verständnis der Ringe als einer breiten Autostraße, an der einige Kinos und Lokale standen.

In den 70er-Jahren änderte sich nicht nur in Köln das Verständnis von Stadt. Die Stadt sollte nun nicht mehr zum bloßen Einkaufs- und Verwaltungszentrum verkommen, sondern sollte wieder, wie es hieß, „Erlebniswert", „kulturellen Mittelpunktcharakter" bieten.

Neben dem „Dom/Rhein-Projekt" rückten die Ringe ins Zentrum von Überlegung und Planung. Wolfgang Braunfels benennt in seinem Buch „Abendländische Stadtbaukunst" die Dialektik von „Herrschaftsform und Baugestalt". Das bedeutet, auf unsere Zeit und das Objekt „Kölner Ringe" konzentriert, die Ringe so zu gestalten und in ihrem Anspruch so zu öffnen, dass sich die moderne demokratische Stadtgesellschaft in den Bauten und vor allem deren Nutzung wiederfindet. Breite Gehsteige, separate Fahrradwege, Reduktion der Autofahrbahn sind hierbei erste Schritte.

Die französische Sprache kennt den „boulevardier", und ein Wörterbuch übersetzt das mit „Boulevardbummler, Lebemann". Der

Boulevardbummler ist der urbane Mensch, der räumlich den mittelalterlichen Befestigungsring gesprengt und von Intellekt und Gefühl her kleinbürgerliche Enge und Spießigkeit hinter sich gelassen hat. Ein Mensch, der über großstädtische Boulevards bummelt, das heißt zweckfrei sich bewegt, also nicht nur zum Kino eilt und dann schleunigst wieder verschwindet, ist der souveräne Demokrat, sowohl Teil der modernen Massengesellschaft als auch unantastbares Individuum.

„Lebemänner" gibt es nicht mehr, vor allem nicht in dieser geschlechtsspezifischen Einschränkung. Aber: Die neuen Ringe, diese stadtkölnischen Boulevards ziehen vor allem jüngere Menschen an, die Straßencafés sind an warmen Tagen sehr gut besucht, „bummeln", dieses Sehen und Gesehenwerden, entwickelt sich zusehends. Kurz: Die Ringe tragen dazu bei, den Ruf Kölns als eine der großen Städte unserer Republik zu festigen und auszubauen.

Nicht spektakuläre Ringfeste sind die Zukunft, sondern eine Urbanität im Alltag, eine noch stärkere Orientierung an den Gründungsauftrag der Ringe und der Neustadt und eine entschiedenere Selbstkontrolle der Ringanlieger und der Stadt gegenüber den vertretenen Branchen (z.B. Pornoshops, Schnellimbissketten) und deren Präsentation.

(1989)

Die Taube im U-Bahn-Schacht

Hunderte Menschen drängten in der U-Bahn-Station Neumarkt den Bahnsteigen zu, quollen über Fahr- und Normaltreppen aus den Zugängen nach oben; und obwohl acht Treppenhäuser zum Oberirdischen da waren, herrschte durch die Menschenmassen, deren vielzielige Bewegungen durch eine hastige und eilige Gesprächslosigkeit, durch die künstliche Beleuchtung und die flache Decke, durch die Deplatziertheit eines Kaffee-, Gebäck- und Imbissstandes, der Gemütlichkeit vortäuschte und an dem wortlos Stierende zu heißen, zu dünnen Kaffee schlürften und kleckerten, hastig belegte Brötchen und unförmiges Schmalzgebäck zerknabberten und verkrümelten, herrschte hier eine halbdunkle Unheimeligkeit, die eine atmosphärische Fortsetzung der Wetterlage außerhalb mit Kühle und ständigem Nieselregen war.

Ich war mittendrin, musste dringend von da kommend nach dorthin, als ich in diesem Menschengewirr eine Taube sah.

Sie tippelte gemächlich zwischen den Beinen und Füßen der Umherhastenden, blieb ständig im Bereich des Stehcafés und der dort in Mengen anfallenden Krümel und Bröckchen, der Brosamen, die von der Menschen Tische fielen, und pickte und pickte.

Hier unten war sie allein. Sie war die einzige Taube, die sich hierhin gewagt hatte, und sie wurde belohnt mit Wärme, Trockenheit und Nahrung im Übermaß. Von Gebäckrest zu abgesprungener Brötchenkruste eilend, gierte sie schon weiter, nur noch wie im Vorübertippeln pickend und würgend und schluckend, mit Augen und weit vorgeschobenem Hals und Kopf schon längst beim nächsten und übernächsten Bröckchen.

Wie gut hatte es doch diese Taube in diesem Schlaraffenland im Gegensatz zu ihren Artgenossen nur wenige Meter über ihr auf dem zugigen, nassen und von Hunderten von ihresgleichen umflogenen Neumarkt, die alle hungrig das wenig Essbare jagten und sich gegenseitig nicht gönnten.

Aber: Wenn unsere Taube nun gar nicht willentlich oder instinktiv getrieben in dieses Menschenbabylon gelangt war, sondern sich nur hierhin verirrt hatte?

Wenn sie nun dieses Wohlleben in dieser Menschenhöhle bezahlen musste mit der Absonde-

rung von ihren Mittauben, einer ewigen Abge-
schiedenheit vom Tageslicht, vom Wechsel der
Jahreszeiten?

Und mir kamen Bilder in den Sinn, Bilder von
den Grubenpferden vergangener Zeiten, die
unter Tage geschafft wurden und dort bis an
ihr Ende ihr Arbeitsleben in menschengeschaf-
fener Nacht verbrachten.

Wie leid tat mir die Taube da, die von nichts
wusste und sich einem schrecklichen Lebens-
ende entgegenpickte, von Krümel zu Bröckchen hüpfend, das nächste schon im Visier.

Ich war stehengeblieben, und an ein Gitter
gelehnt betrachtete ich das Elend dieses kleinen Geschöpfs und nahm es schon zum Anlass einer Fabel, eines Gleichnisses zum Leben
von uns Menschen, wollte mir in einem Heft,
das ich zu diesem Zweck immer bei mir trage,
erste Notizen zu einem Text machen, holte es
aus der Tasche, und als ich wieder aufblickte
und meine Taube suchte, sah ich sie zielstrebig
dem Treppenaufgang zueilen, und die letzten
Stufen zum Neumarkt überflog sie, ihrem
Schwarm entgegen.

(1996)

Die Tür zur Frauenbewegung

In den letzten Wochen des alten Jahres 2014 wurde die Eingangstür ausgewechselt, jetzt erinnert nichts mehr an das alte kölsche Brauhaus „Kaiser" in der Ehrenstraße mit seinen blanken Tischen, großen Holzfässern und blauen Köbessen. Anfang der Achtziger war das Lokal geschlossen und umgewidmet worden, die Front, bis auf die Türe eben, umgestaltet. Nur sie hatte noch die bunten Butzenscheiben.

Durch diese Tür gingen Anfang der Siebziger einige junge Männer, noch mit dem Flaum von 1968. In einem mittleren Raum hatten sich dreißig, vierzig junge Frauen versammelt, Bekannte, Freundinnen, Genossinnen. Zwei, drei Dreißigjährige waren wohl auch dabei.

Diese Frauen wollten sich organisieren, als Frauen. Deren Emanzipation wurde auf die Tagesordnung gesetzt. Man zitierte Maos Forderung nach der „Hälfte des Himmels" und wollte noch mehr. Der weibliche Kosmos sollte entfaltet und alles überwölbend gestaltet werden.

Die jungen Männer, darunter der Verf., äußerten marxistisch argumentierend Bedenken, erkannten den Widerspruch Mann/Frau als existent an, bezeichneten ihn aber als einen Nebenwiderspruch, subsumiert unter den großen und entscheidenden Hauptwiderspruch, dem von Lohnarbeit und Kapital. Da wurde aufgeschrien, mit Kölschgläsern gedroht und mit „Schwanz ab!"

Eine dieser Frauen gründete später die „Emma"-Konkurrentin „Courage", eine andere wurde eine angesehene Filmmacherin, eine weitere arbeitet heute als Redenschreiberin im Bundespräsidialamt. Viele wurden Lehrerinnen, Medienfrauen, machten den Marsch durch die Institutionen, kämpften um Quoten und Positionen.

Das Lokal in der Ehrenstraße ist schon lange zu, da ist jetzt ein Laden „Cybersport" und reiht sich ein in die vielen Schuh- und Klamottenläden. Die haben das, was die moderne Frau heute so trägt.

Wie gesagt, die Tür ist jetzt auch weg.

(2015)

Drei Musketiere

Als sich Deutschland noch nicht als Hochburg des Pazifismus darstellte, war jedem geläufig, dass das Gewehr des Soldaten Braut sei. Diese Tod bringenden, das Leben des Soldaten möglicherweise schützenden Instrumente, benannte man immer schon gern nach lebendigen Wesen, so einstens die Muskete, deren Name auch zurückgeht auf eine zur Beize bestimmte Sperberart, die der Italiener moschetto nannte, hatte dieser Sperber doch eine gesprenkelte, wie mit Fliegen besetzte Brust. Und da der Lateiner zur Fliege musca sagt, ist jetzt alles klar. – Mit dieser schweren Waffe, der Muskete, konnte man die Geschosse so dahinsausen lassen, wie der jagende Sperber angriff.

Drei Musketiere habe ich in letzter Zeit, also in den letzten wohl fünfzehn Jahren, hier in Köln kennengelernt. Sie werden bisher in keinem literarischen Werk genannt, erst recht keinem weltberühmten, mehrfach verfilmten, heißen also nicht Athos, Aramis und Porthos. Sie waren alle drei, nicht gleichzeitig, in der légion étrangère, der französischen Fremdenlegion. Zwei sind mittlerweile tot, der dritte ist mehr tot als lebendig.

Man nannte sie die drei Musketiere, weil sie in derselben Kneipe verkehrten und immer wieder von ihren Waffendiensten erzählten.

Der älteste der Drei hatte einen polnisch klingenden Namen, tauchte irgendwann einmal auf, besetzte den Stammtisch und griff sich die lärmende Ulknudel, die besoffen ausfällig werden konnte, aber tatkräftig war und wohl auch attraktiv.

Er redete in kurzen Sätzen, deutete Schlimmstes an Taten und Erfahrungen nur an, brach dann ab, schwieg, mit Augenaufschlag und Hochziehen der Brauen, fuhr andere, die auch was erzählen wollten, kurz an, mit Erfolg. Er hörte nur zu, wenn einer der anderen Musketiere sprach; aber das taten die selten in seiner Anwesenheit.

Er bekam Krebs, ließ es sich nicht anmerken, aber alle sollten es schon wissen. Und eines Tages sprang er aus dem Fenster und war sofort tot. – In welcher Situation ist der Fremdenlegionär gehalten, sich selbst zu töten? Ich weiß es nicht.

Der Mittlere der Drei war ein nach Köln verschlagener Eifler, auf diesem Weg in Vietnam zwischengestrandet. Man nannte ihn „Omelett", weil er mal in Suff und emotionaler Bewegung eine Eierspeise an die Wand der Kegelbahn gepfeffert hatte. Dieser lustige Name und seine Angewohnheit, aus Bequemlichkeit das Gebiss im Glas zu lassen, führten dazu, dass man ihn nicht ernst nahm. Er war also lustig und hilfsbereit, deswegen verzieh man ihm auch dies und das. Dann ließ man sich eben nicht mehr von ihm helfen in unbeaufsichtigter Wohnung. – Ich habe oft mit ihm gesprochen, über alles, wie er sagte, und bald erzählte er auch von der Fremdenlegion und Vietnam, das er, als Soldat Frankreichs, immer noch Indochina nannte.

Jahrzehntelang habe er nicht von diesem ekligen und fernen Krieg geträumt, „su wick litt dat fott un su lang es dat her", aber in letzter Zeit, jetzt, in den letzten zwei, drei Jahren, sehe er immer wieder Gesichter, wenn er durch den Urwald streife, im Traum, so wie es war, und schösse. Immer so reinschießen, man wisse ja nicht, was sich da verberge und nur auf einen lauere. Das ganze Magazin leer, den Gurt leer. Und jetzt sehe er immer Gesichter, die ihn ernst anschauten, die er tot mache. „Und dann wach ich op, klätschnaß jeschwitz. Kannste dir dat vürstelle?"

Wenn die Wirtin ihn ärgern wollte, sagte sie, er sei gar nicht bei der Fremdenlegion gewesen. – Er starb verwirrt in einem Heim.

Der dritte Musketier und Fremdenlegionär, 1945 geboren, war der einzige, der mir Dokumente gezeigt hat, Ausbildungsgang und Rentenansprüche. Von großen Einsätzen erzählte er nichts. Seine Eltern hatten ihn nach dem Propheten aus der Zeit des Königs Nebukadnezar II. von Babylon benannt, dem als Verurteilten selbst Löwen in einer höhlenartigen Grube nichts antun konnten: Daniel.

Unser Mann muss nach seiner Legionärszeit ein Hallodri gewesen sein, mit weißem Cabriolet die Ringe rauf und runter; Sonnenbrille, Zigarette, den linken Arm rauspendeln lassend.

Ich lernte ihn als Krüppel kennen: was Ererbtes, dann durch die Zeit in der Fremdenlegion Verschlepptes, Verschlimmertes. Er hinkte, schleifte ein Bein nach, später ging's nur mit Krücken. Er saß in der Kneipe auf der Rentnerbank, wo er vom Alter her noch gar nicht hingehörte, war aber der Gebrechlichste. Wenn um vier Uhr nachmittags aufgemacht wurde, wartete er schon vor der Tür, sein Stammplatz war noch frei. Er sprach ständig, erzählte alles, was mit ihm zu tun hatte, dass er daheim weine, wegen all dem, dann seine Katze käme und seine Tränen weglecke, er dies aber nicht möge, weil deren Zunge so rau sei.

Einem kleinen Jungen, den seine Eltern schon mal nachmittags auf eine Cola mitbrachten, half er beim Zusammenbasteln der Teile von Überraschungseiern. Die wurden dann nur noch seinetwegen gekauft. Er trank viel, und die schmale Rente der Fremdenlegion und die Sozialhilfe konnten seinen Suff nicht finanzieren. Er bettelte immer direkter um Kölsch und suchte den ganzen Abend über angestrengt nach potenziellen Spendern. Er verrenkte sich dabei immer so, um Blickkontakt herzustellen, dass einer sagte: „Jetz mäht hä widder d'r Schwanenhals".

Da ihm der Weg zur Toilette immer beschwerlicher wurde, pinkelte er sich immer häufiger in die Hose. Auf der Rentnerbank hielt man Abstand. Wenn ich in die Kneipe kam, erzählte er sofort, wann er sich in der letzten Woche nicht bepisst hatte.

Er sitzt jetzt in einem Rollstuhl und wohnt in einem Heim. Anfangs konnte er sich noch von einem Zivi für ein, zwei Stunden bringen lassen; der bepisste Exlegionär, geschoben vom baumlangen Wehrdienstverweigerer. Mittlerweile kommt er gar nicht mehr.

Drei Musketiere, drei Fremdenlegionäre, deren Glanzzeit ich nicht erlebt habe.

Es mag ja interessant zugehen in den Armeen dieser Welt, aber was uns dann als Strandgut heimgeschickt wird, das sind keine Sperber, keine moschetti.

(2003)

Einmal ums Karree ziehen und beten

Geschenkt: Köln ist eine große Stadt, mit einer Million Menschen; da kann man nicht alles wissen und kennen. Und man bekommt auch nicht alles mit. Und was Religion und Kirche angeht: Dom, Dreikönige, romanische Kirchen, Fronleichnamsprozession zu Wasser und zu Lande: jaja, ist ja gut. Aber es gibt immer noch so versteckte kleine Sachen, wie das Prozessiönchen, von dem ich hier erzählen will.

Der erste Sonntag nach Pfingsten ist Dreifaltigkeit. Da zieht in St. Aposteln am Neumarkt eine Prozession. Die zieht schon vor Fronleichnam, und damit vor dem Dom und der Mülheimer Gottestracht durch das Karree, und die Apostolaner sagen und betonen das auch laut und deutlich: Wir dürfen schon vor dem Dom gehen, nur wir!

Erst eine Messe in der schönen, alten und großen romanischen Kirche, die zweitgrößte Orgel Kölns spielt, die gregorianische Schola und der Basilikachor singen was, oft noch in richtigem Latein, was ja mal die lingua franca des Abendlandes war. Alles wie es sich gehört. Dann werden die Türen weit geöffnet und man zieht aus, wie man es eigentlich nur noch aus Erzählungen, von alten Bildern und Erinnerungen aus Kindertagen kennt: Jungen und Mädchen aus dem Kindergarten als Streukinder vorneweg, ein paar Messdiener mit Klingeln und Fähnchen, eine große Musikkapelle mit Blech und Trommeln, wohl fünfzig, sechzig Mann, der Himmel, vor vier gestandenen Männern getragen, ein Pastörchen darunter, das mit einem Brokattuch, dem Velum, die Monstranz trägt. Manchmal macht's auch ein peruanischer Bischof, auf Kollektentour durch die Erzdiözese. Und wenn die Sonne scheint, hat wohl auch der vielbesungene Herrgott daran seine Freude und lässt alles schön leuchten. Der Kirchenchor, die Frauenvereinigung und die Menschen, für die St. Aposteln noch viel bedeutet: Die gehen nicht nur, die schreiten, aber nicht mehr wie früher in Reihe und Block, mehr so im lockeren Herdverband. Viele Lieder werden gesungen, die alten Lieder, die man mit Schmackes singt, als wäre man noch ein Kommunionskind und würde sich mit Stolz zeigen.

Und das tut die Prozession auch. Man soll sich ja, und das ist verfassungsmäßig garantiert, ja nicht wegen seiner Religion oder seines Glaubens verstecken. Und wenn man Jahrhunderte lang mit Heiligem Köln und Roms treuester Tochter renommierte, kann man das ja auch mal ein bisschen zeigen.

Also: Raus aus der Kirche, an der früheren Braunkohleverwaltung vorbei, die jetzt im Stadtwaldgürtel an der Dürener Straße die Gegend verschandelt, wo nachher der „Bazaar de Cologne" war und heute Lädchen und Lokälchen um ihre Existenz kämpfen. Nach rechts zum Adenauer-Denkmal hin, OB und Kanzler, der ja aus dem Viertel hier kam und auf das alte Apostelgymnasium gegangen ist, dann in die Apostelstraße. Und wo jetzt eine Buchhandlung ist, in Nummer 7, hat mal Karl Marx gewohnt; wie das halt so geht. Das „Gloria" war früher ein Kino, das nach einer Blütezeit zum Schmuddelpornoschuppen verkommen war, ist jetzt sowas wie eine Spielstätte für Theater, Konzerte, Alternatives. Gegenüber, auf der anderen Straßenseite, eine Tanzschule, wo für die RTL-Sendung „Let's Dance" trainiert wird. In zwei, drei Schau- und Wohnungsfenstern sieht man kleine Altärchen mit einer Muttergottesfigur, Blumen und Kerzen. Auf der „Gloria"-Seite war mal eine Wirtschaft, da konnte man schön gezapftes Bitburger-Pils trinken; fünf Minuten für die Blume, und das im Kölsch-Köln. Da heißt es jetzt „Törtchen, Törtchen", und die gibt es da, in hoher Qualität. Links geht es in die Große Brinkgasse; dorthin, weil es hier billiger ist, ist der schöne Laden für Malerbedarf gezogen, der früher auf der Ehrenstraße bei „Wolkenaer" war. Noch eine gute Bäckerei, dann „Filz Gnoss": Was man nicht alles aus Filz machen kann! Weiter, zur Rechten war bis vor Kurzem ein sehr guter Laden für Wild und Geflügel; der danebenliegende, auch sehr gute Metzger ist schon lange zu, nicht umgezogen oder verlagert, nein: zu, perdu. – Und dann sind wir schon an einem Plätzchen, das sie nach Millowitsch benannt haben, und der muss jetzt auch noch als Figur dort auf einer Bank sitzen. Hier stand früher bei der Prozession einer der Stationsaltäre, wo man anhielt, betete und sang, und dann weiterzog. Jetzt zieht man nur noch weiter. Jeder betet für sich und summt mit der Blaskapelle. Dann wird doch noch gesungen: Deinem Heiland, Deinem Lehrer. Das kennt man, das singt man; alle drei Strophen. Die Ehrenstraße hat sich in den letzten Jahren stark gewandelt: Das schöne große Kino ist fort, da, wo früher ein Metzger war, kann man Schuhe kaufen, und in die Halle und die Büros der Sparkasse hat man Läden reingeknallt, wie überall hier, für Klamotten, für Schuhe, und Schuhe und Klamotten und Modeaccessoires. Nur das Spezialgeschäft „Le porcelaine blanche" ist noch da und läuft wohl ganz gut, man sieht immer Kunden drin. Aber irgendwann wird auch hier der Porzellanelefant kommen. — Gegenüber die Kleine Brinkgasse, wo man nichts mehr davon sieht, was Frauen und Männer hier getrieben haben. Die letzte Tür der kleinen Puffhäuser, mit einer Klappe in Augenhöhe für den Handel mit den Freiern ist schon längst verschwunden. Ebenso die versetzte Mauer, damit man nicht einsehen konnte, was in dieser Gasse geschah. Und heute sieht man viel, fast alles, und sieht doch nichts. — Da kann man dann auch in Ruhe weiterbeten. Und die Blaskapelle spielt zwischendurch ein Potpourri der guten Laune. Auf dem rechten Trottoir hat der Künstler Gunter Demnig einen Stolperstein eingebracht und in Metall geschrieben: „Hier wohnte Fritz Falkenhelm, Jg. 1911. Flucht nach Frankreich, interniert, deportiert 1942, ermordet in Auschwitz". Wer es in der Prozession weiß, schämt sich und denkt über seine Vaterstadt und ihre Vergangenheit nach. — An der Ecke zur Pfeilstraße waren mal zwei Kneipen, „Ehrentor" und „Delfter Stuben". Wenn da die Prozession vorbeizog, standen Männer mit Kölschgläsern und Bierflaschen in der Türe und schauten sich das Treiben in Ruhe an. Und der eine oder andere stellte sein Kölschglas ab und kniete sich, wenn das Allerheiligste vorbeigetragen wurde. Da sind jetzt zwei Läden für Accessoires drin, für Gürtel und Schals. – Rums! Jetzt setzt die Musik wieder ein, aber ohne Singen, nur Musik. Auch schön, man fällt in den Rhythmus ein. Jetzt in die Alte Wallgasse. Auf der rechten Seite war jahrzehntelang ein Blumengeschäft, und das Schaufenster wurde extra für diesen Tag geschmückt, und es wurden Blumen für die Apostelkirche gespendet.

Gegenüber war jahrelang die katholische Grundschule, die ihre Außentreppe mit Blumen, von den Kindern gemalten Bildern und einer großen Muttergottes dekorierte. Da ist jetzt ein Teil des Gymnasiums von nebenan drin. So gab es dann bis vor ein paar Jahren hier einen Stopp; Schüler und Lehrer sollten ja nicht ohne Segen bleiben. Auf den kann jetzt wohl verzichtet werden. Man muss ans Weitergehen denken, in die Palmstraße hinein, wo man am Eckhaus in den Putz der Fassade ein Bild des Orgels Palm gemalt hat; der dreht da sein Örgelchen, ein Junge hebt die in Papier

gewickelten Münzen auf, die man als Danke-
schön aus den Stockwerken auf die Straße ge-
schmissen hat, und ein Mädchen mit Zöpfen
und einer Puppe reicht ihm nen Groschen. In
der Palmstraße gibt es Brazilian Waxing, einen
Vietnamesen und an der Ecke zwei Wirtschaf-
ten, um diese Zeit noch nicht besucht. – Jetzt
noch: O höchstes Gut, o Heil der Welt! Und
hier und da schaut man aus dem Fenster: Eine
Blaskapelle mit Kawumm, und das am frühen
Morgen, und Karneval ist auch nicht. Von
Haus Nr. 35 steht nur das Parterre, alles andere ist immer noch weggebombt. Man stelle
sich das vor: Siebzig Jahre nach dem Krieg!
Wie schnell fängt man sowas an, und wie lange
hat man es an der Hose. Jetzt wieder ein Stück
und ein paar Minuten Ruhe, jeder denkt sich
seinen Teil. Oder auch nicht. In der Nr. 62 hat
bis vor zwei Jahren Kurt Holl gewohnt, der
sich sehr für Sinti und Roma eingesetzt und
eine große Beerdigung hatte. Links kommt
jetzt Käse Wingenfeld und rechts sieht man
die Bäckerei Zimmermann, und manch einer
in der Prozession schickt ein Stoßgebet zum
Himmel, dass die wohl noch lange hier bleiben. Über die Ehrenstraße, und dann geht es
an der Rückseite des Hahnentors nach links in
die Mittelstraße. Eine Normaluhr, noch schön

mit Zeigern, und daneben das „Café Rico", das an „Rick's Café" im Film „Casablanca" erinnern soll, wo sie unter den Nazis mit der Hilfe von Humphrey Bogart aus dem besetzten Frankreich fliehen konnten, was Fritz Falkenhelm aus der Ehrenstraße aber nicht mehr geschafft hat. Das „Café Rico" war eines der Lieblingslokale des ehemaligen Außenministers Guido Westerwelle, der auch in St. Aposteln sein Requiem hatte und auf Melaten liegt. – Jetzt kommen nur noch teure Klamottenläden, eins hatte mal die Ex von Howard Carpendale, einem südafrikanischen Schlagersänger. – Nun hört man schon die schwere Glocke von St. Aposteln, die nach dem erst kürzlich heiliggesprochenen Papst Johannes Paul II. benannt ist und nach dem Weltjugendtag hier bei uns Köln von dessen Nachfolger dieser Kirche geschenkt wurde. Nett, ne?

Jetzt hat man es bald geschafft. Auf der rechten Seite war mal das „Birrebäumche", ein riesiges Brauhaus; daneben ein Bestatter, den ich als den meinen geplant hatte. Beides weg, weitere Klamottenläden. Jetzt noch über das Plätzchen Apostelkloster, wo dienstags und freitags Wochenmarkt abgehalten wird. Hier stand mal das Apostelgymnasium; ausgebombt. Dann das Amerikahaus, nach Berlin verzogen. Und gegenüber die zentrale Feuerwache, nach dem Krieg nicht wieder aufgebaut. – Da steht der aufgebaute Schlussaltar, man singt das Tantum Ergo, das Thomas von Aquin in Köln geschrieben hat; dann noch der Schlusssegen. – Bruno, der fleißige Küster, räumt auf, rollt den Teppich ein, Kerzenleuchter, tragbarer Altar: ab ins Depot. Jetzt beginnt das Pfarrfest; das Kölsch läuft, die Reibekuchen brutzeln, es wird gequatscht und verkimmelt und gesüffelt. Halt ein Dorf in der Millionenstadt.

(2017)

Entschuldigung

Wieder jemand zu spät.

Der Lehrer schaut ärgerlich zur Tür.

Wieder ein Kind zu spät.

Das Mädchen stellt sich neben das Pult.

Ja?, sagt der Lehrer und schreibt den Namen auf. Und nach einem Blick auf die Uhr, die verspäteten Minuten.

Sie wissen doch, dass meine Mutter jetzt mit dem Horst, also dem Herrn Mast, also, dass der bei uns wohnt. Und dass wir Kinder das so nicht wollen, aber weil meine Mutter das so will, ist der Horst bei uns. Denn der Horst geht mir sonst ganz weg, sagt meine Mutter. Und ich brauche jemanden, und ihr braucht jemanden. Wir brauchen aber niemanden. Mein Vater, also unser Vater, ist ja auch noch da. Nicht bei uns, der ist zu so ner Frau gezogen; die hat auch drei Kinder. Der ist da wie der Horst bei uns. Nur, dass ich den Horst nicht mag. Nur die Mama. Und gestern Abend war der Papa da. Sachen holen. Und der Horst hat in seinem Sessel gesessen und Fußball gesehen. Da hat der Papa gesagt, das ist mein

Fernseher. Und hat den Fernseher ausgemacht.

Und die Satellitenschüssel nehme ich auch mit, hat er gesagt. Da ist der Horst aufgestanden. Nicht, Horst, nicht, hat die Mama gerufen. Und meine Schwestern haben geweint. Ich habe die Mama festgehalten. Die hat gesagt: Die Kinder! Tu die Kinder raus, hat der Papa gerufen und dem Horst eine geknallt. Der ist auf Papas Fernsehschüssel geknallt. Morgen hol ich die Satellitenschüssel, hat der Papa gesagt und ist gegangen. Leckt mich doch alle am Arsch, hat dann der Horst gesagt und ist gegangen. Die Mama hat sich in den Fernsehsessel gesetzt und hat geweint. Wir haben uns zu ihr gesetzt und haben ganz lange fernsehgesehen. Es war dann wieder richtig schön. Und weil das in die Nacht ging, bin ich erst spät ins Bett gegangen. Und zu spät hat uns die Mama heute geweckt.

Und Renate geht zu ihrem Platz, setzt sich und beginnt den Tafeltext, an dem die anderen schon länger schreiben.

(2003)

Gestapo-Kerker im EL-DE-Haus Zelle 1–4

Auswahl der Wandinschriften.

Katalogisiertes. Nummeriertes. Bewahrtes.

LEBENSÄUSSERUNGEN

Einlieferung. Liebe. Gründe. Täter.

Überleben. Hoffnung. Nein.

Zelle	Länge in m	Breite in m	Höhe in m	Fläche in m²	Raum-inhalt in m³
1	3,72	1,39	2,55	5,20	13,20
2	3,72	1,41	2,55	5,25	13,40
3	3,72	1,42	2,55	5,30	13,50
4	3,72	1,43	2,55	5,30	13,60

I.   EINLIEFERUNG

24:     Mein liebes Peterle

152:     Am 4. Nov. 44 morgen um 10:00 Uhr hier hinein gebracht! Wann werde ich diese Zelle wieder verlassen ???? Und wohin geht's dann ???

M. W. Köln

89: Ich bin hier

und weiß nicht

warum.

57: Auf Verdacht

einfach eingelocht

27: KEIN MILCH

KEIN BROT

ESSEN SAUER, BROT ENTZOGEN

MEHR WASSER ALS SUPPE

143: Ich sitze hier

und weiss nicht

73: 17.4.44: Wegen einer Dummheit

zu Tode gehetzt von der Gestapo

33: Helmut Pohl

hereinspaziert am

Samstag, dem 20.1.45

99: Ruhe

129: Ruhe im Puff.

Ich habe gar nichts getan

II.   LIEBE

61:    Anna

31:    ich lieb dich

110:    Kitty

130:    Wera

32:    Kitty

32:    mami wann

38:    WENN KEINEr

AN dich dENkt,

dEINE MUTTEr

dENKT AN dich.

128:    Ich liebte niemals noch so

sehr das Lebensversicherung

III.   GRÜNDE

101:    Kinder müssen kommen für den Krieg

Räder müssen rollen für den Siege

Köpfe müssen rollen nach dem Krieg

Ihr könnt mich nicht

wenn ich nicht will.

82: Wer nicht liebt „Wein, Weib & Gesang
der bleibt ein Narr sein Leben lang
5.11.44

8: Alles ist vergänglich
auch Lebenslänglich

64: Quatsch
mit
Soße!

121: Setz – DicH – UebeR Alles
Weg
FReu DiCH UebeR jeden
DReck!

54: Alles geht vo(rü)be(r)
da(r)um Kopf Hoch

107: Hier ist was Los!

90: Frohe Weihnachten

VI. HOFFNUNG

100: Gottes Mühlen mahlen langsam
aber sicher!!!

112:   Alles rächt

       sich auf Erden

136:   Kämen doch die Amerikaner!!!

46:    Wann kommt die Freiheit

69:    Ich möchte

       nach Hause

62:    Freiheit!

VII.   NEIN

28:    NEIN

16:    Letzter Tag am Montag

Quelle: Die Wandinschriften des Kölner Ge-
stapo-Gefängnisses im EL-DE-Haus 1943–
1945. Mitteilungen aus dem Stadtarchiv von
Köln. 70. Heft, 1983

(1996)

Händels Gärtlein

Es gibt ja nicht nur von Brings ein „Halleluja", auch eine Mutter aller durchkomponierten, das von Händel, das eigentlich jeder kennt; halt so Barock. – Georg Friedrich Händel, in der Genscher-Stadt Halle geboren, hat dann lange in London gewohnt und komponiert, ist auch dort gestorben. Das alles vor gut zweihundertfünfzig Jahren. Gewohnt hat er in der Brook Street im Stadtteil Mayfair. – Und was hat das mit Köln zu tun? – Bitte abwarten!

In diesem Haus, Nummer 25, ist ein schönes Museum; nur dass der Name ohne die diakritischen Zeichen von Umlautpunkten geschrieben ist: Handel. Und an diesem Haus, hinten im Höfchen, ist ein kleines Gärtchen. Da wird der Händel wohl seine Freude dran gehabt haben, als er an seinem „Messias" feilte. – Und dieses Museum habe ich vor einiger Zeit besucht und mir Haus und Gärtlein besehen.

Und jetzt kommt es. Ich wohne ja hier in Köln in der Händelstraße, ja genau, nach diesem Handel benannt. Nun gibt es aber in Köln nicht nur eine Händelstraße, nein, drei. Meine in der Neustadt-Süd, dann noch eine in Rodenkirchen und noch eine in Widdersdorf. Das kommt davon, dass die letzten beiden mal eingemeindet wurden. Aber die richtige ist natürlich meine, weil hier am Rudolfplatz mal das Opernhaus stand und es hier im Karree eine ganze Reihe von Musikerstraßen gibt, wie Wagner, Mozart, Beethoven. Ich muss immer beim Taxibestellen aufpassen und die richtige orten.

In unserer Straße stehen Lindenbäume. Und wenn man von der Lindenstraße her kommt, hat auf der rechten Seite mein Nachbar Uli vor Jahr und Tag so eine Baumscheibe ordentlich zurechtgemacht und bepflanzt. Und am Ende unserer Straße, auf der anderen Seite, vor der Hausnummer 43, an der Ecke zur Richard-Wagner-Straße, ist im Souterrain der Friseurladen „Mythos" von Gülay Tobrak. Und die hat die Baumscheibe vor ihrer Türe zu einem richtigen Gärtchen parat gemacht: Mit einem kleinen Zaun drum herum, sie hat Muttererde angeschüttet und Blumen eingesetzt. Händels Gärtlein. Und wenn das Wetter ordentlich ist, setzt sie einen Klappstuhl hin, damit man sich ausruhen oder die Haare trocknen lassen kann.

Aber ich bin noch nicht fertig. Das Händel-Haus in London heißt seit einiger Zeit korrekt „Handel and Hendrix Museum". Man hat nämlich erst vor Kurzem herausgefunden, dass der Musiker Jimi Hendrix, der ja noch bekannter als Brings ist, 1968/69 acht Monate im Nebenhaus unterm Dach gewohnt hat. Und man kann heute noch barocke Treppenstufen sehen, die er hinaufgestiegen ist. Und so schlagen sie in London zwei Fliegen mit einer Klappe: Die Fans von Handel und die von Hendrix, alle rein in ein Museum! Und jeder lernt den anderen kennen. Was hat unsere Musik doch für eine bunte Vielfalt!

Zu der Zeit, als Hendrix neben Händel wohnte, hat er am 13. Januar 1969 in unserer alten Sporthalle hier in Köln ein Konzert gegeben. Und am anderen Tag sagte er in „Hier und Heute" über das kölsche Publikum: „They listen very quiet".

Tja, und da, wo jetzt in unserer Straße das Händelgärtlein ist, war in dem Friseurladen früher die schwer angesagte Disco „Camayenne". Und da gingen auch viele Farbige hin. Und vielleicht ist auch am Abend des 13. Januar nach dem Konzert Jimi Hendrix dort hingegangen.

(2017)

Heimholung

Der frühere Oberbürgermeister Theo Burauen sammelte Elefanten, er soll hunderte Figürchen besessen haben. Wenn einer so zielgerichtet sammelt, versucht man, Eigenschaften der Objekte auf den Sammler zu übertragen, der gilt dann als dünnhäutig, schwerfällig, stark, geduldig, klug, weise, kurz: elefantös; und jeder sucht sich seins raus.

Dann gibt es die großen Sammler, die sich mit Elefantenkötteln nicht abgeben, die sich der großen Kunst und der ganz weiten Welt verschreiben, und die heißen dann in Köln Wallraf, Richartz, Fischer, Rautenstrauch, Joest und Ludwig.

Nun gibt es in Köln einen, der befasst sich mit Andenken-Dömchen, diese mehr oder weniger gelungenen Metallgüsse in rötlicher Farbe, die es in verschiedenen Größen und Ausführungen, aufklappbar und mit Spieluhr gibt. Nun sammelt er diese nicht, wie sie zum Verkauf angeboten werden, da könnte er nach Katalog bestellen, auch nicht ältere Modelle und Raritäten, nein, er holt heim.

Er besucht die Trödelmärkte in Nähe und Ferne, wühlt in Krimskramsläden, kennt die

Flohmärkte, die man kennen muss, und er kauft die dort angebotenen Dömchen auf.

Einst Andenken an Köln-Besuche, Zierden in Wohnzimmern, Anker im Gedächtnis ans alte Europa, sind sie heimatlos geworden, im zweifachen Sinn: von Köln mitgenommen, aus gutem Grund; in der neuen Umgebung nicht mehr gebraucht, gewollt, geachtet. Immerhin nicht weggeworfen oder zerstört. Feilgeboten.

Unser Freund nun hält diese Dömchen wieder hoch, in Herzhöhe, betrachtet und begutachtet sie, und kauft sie immer, wenn er den Preis durch zunächst mehrfaches Missachten, dann Hinweise auf Mängel, „Kitsch", etc. gedrückt hat. Der Kölner ist nun mal ein Kaufmann.

Dann werden sie heimgeholt und heimgebracht und ins Regal zu den anderen Dömchen gestellt. Alle geostet, wie der große, wie der Kölner Dom.

Der Elefant unter den Kölner Kirchen.

(2003)

Herr Peter Müller rettet eine Taube

In Köln kannte und nannte man, und tut dies noch heute, Peter Müller mit einem anderen Namen, der ihn mit einem Tier, einem Primaten, vergleicht. Und wie das bei Kose-, Spitz- und Necknamen so ist, sie treffen meistens, und sie sollen treffen, in vielerlei Hinsicht.

Wir werden diesen Namen hier nicht benutzen. Er wirft nur einen Aspekt auf Herrn Müllers Erscheinungsbild, Bewegungsstil, gar Charakter, noch nicht einmal den wesentlichen; und Peter Müller ist inzwischen verstorben. Da gilt es, im Andenken Respekt zu wahren.

Ende April 1990 traten die Bläck Fööss für zwei, drei Wochen im Millowitsch-Theater auf, gaben dort ein Konzert und hatten dieses Jahr als Special Guest Peter Müller, den letzten großen Boxer aus Köln, aufgeboten.

Es war noch die Zeit der Proben, und eines Nachmittags ging ich, meinen sechsjährigen Sohn an der Hand, zur Theaterkasse, in der vagen Hoffnung, noch Restkarten zu ergattern. Ich hatte Glück, stand schon wieder an der Aachener Straße und sah zu, wie ein Abschleppwagen ein Auto – nicht meins, Gott sei Dank – an den Haken nahm und mittels Winde hochzog. Mein Sohn besah sich die vielen Fotos im Theaterfoyer, alle den Patron Willy Millowitsch zeigend, unterschieden nur durch jeweils andere Bei- und Nebenfiguren. Da stürzte das Kind plötzlich auf die Straße, die Kassiererin zeterte aus ihrem Häuschen: Eine Taube hatte sich in den dunklen, schlauchartigen Eingang verflogen, wusste nicht mehr hinaus und flatterte wie wild, dabei durch Anstoßen kleine Federchen verlierend und verängstigt gurrend, hin und her, rief bei dem Kind Urängste und bei der Kassiererin Erinnerungen an Hitchcocks „Die Vögel" hervor. Nun bin ich zwar tierlieb, komme aber nicht aus dem Ruhrgebiet und habe also auch keinen Taubenschlag, gerate demnach gar nicht mit Tauben in direkten Kontakt, sehe sie lediglich überall in der Stadt herumpicken, im letzten Moment vor herannahenden Autos weghuschen oder platt und verendet auf dem Asphalt, kurz: ich wusste nicht, was tun.

Der Sohn drückte sich an mich, die Kassiererin rief, schrie: „Tun Sie doch was!" und meinte dabei mich. Ich drehte mich um, nein, keiner war hinter oder neben mir.

Da öffnet sich die Tür zum Theaterinneren, eine Pendeltür, und es kommt Peter Müller.

Peter Müller, der fünfmalige deutsche Meister im Mittelgewicht, der Heros der Kölner und deutschen Boxszene über Jahrzehnte, der Mann, der Bubi Scholz, Laszlo Papp und Joey Giardello boxte, er steht vor mir und meinem Sohn, der ihn gar nicht kennt und erkennt, der nur einen älteren Mann da sieht.

Und Peter Müller, wohl aus der Probe gerufen, im blaugelben Seidenmantel, die Riemen an den Sportschuhen lang und ungebunden, wie vom Sparring kommend, geht langsam auf die Taube zu, die nicht mehr fliegt und jetzt hektisch trippelt, mit ausgebreiteten Armen, mit der Spannweite eines Adlers, und er spricht auf das verängstigte Tier ein, redet ihm zu, langsam und weich, fast wie singend in der Sprachmelodie unseres Landstrichs.

Das Tier ruckt nicht mehr mit dem Kopf, langsam tippelt es in eine Ecke, und da beugt sich der Champ, geht in die Knie und greift vorsichtig mit seinen Händen, die ohne Handschuhe gar nicht so groß und gewalttätig wirken, und er bildet eine Mulde, in die das Tier hineinschlüpft in endliche Geborgenheit.

Peter Müller steht auf, weiter leise und betulich auf das Täubchen einredend, das er an seine Brust drückt. Und wie er jetzt so dasteht in einträchtiger Zwiesprache mit der Kreatur, wirkt er gar nicht mehr so kantig, so grobschlächtig wie ich ihn aus Ringschlachten in Erinnerung hatte. Ein sehr berühmter Mann, der nationale und europäische Boxgeschichte geschrieben, der die Arenen mit Tausenden gefüllt hat.

Ein Mann um die sechzig, mit Seidenmantel und Taube vor einem Publikum aus wieder beruhigter Kassiererin, einem Kind, das sich vor allem für die Taube interessiert, und mir.

Peter Müller geht zum Trottoir, wirft die Taube hoch, die rüttelt und schüttelt sich und fliegt dann in Richtung Rudolfplatz. Und Herr Müller lacht, schaut kurz zu uns rüber, streicht dem Jungen über den Kopf und geht ins Theater, zurück zur Probe.

(1996)

Kölnische Anekdote aus den Zeiten römischer Besetzung

Zint Mätes ritt durch Kappes und Schavur,
do kom ne Buur
un schloch en öm et Uur.
(Volksgut)

In einem vor Köln liegenden Dorf erzählte mir auf einer Reise von Belgien in diese heilige Stadt ein Gastwirt, bei dem ich haltgemacht, eine Begebenheit aus den Tagen römischer Besetzung, die dem Volke hier noch sehr geläufig.

Ein rheinischer Bauer, noch beschmutzt von seiner Tagesarbeit, war – die Nacht verdrängte schon die Dämmerung – auf dem Heimweg, der von nicht weit her führte, lag seine Kate doch in nächster Nachbarschaft am Waldrand, als er von fern ein dumpfes Stampfen, wie von einem trabenden Pferde, vernahm; und blieb stehen, um den zu sehen, der da so spät durchs Gelände, das hier ohne jeden Feldweg, jede Fahrstraße lag, ritt und ihm dabei die Feldfrucht zertrat.

Das Stampfen kam näher, der Bauer hörte schon Schnauben und, vom Mondlicht beschienen, sah er die Beinschienen eines römischen Reiters.

„He, holla!" rief da der Bauer, schnell und laut, war dies doch sein Feld und sein Kohl, der voller Saft stand, den es noch zu ernten galt, der Leben war für Vieh und Mensch, und „Halt, bleib er doch stehn!"

Der Gaul, vom Zügel beherrscht, blieb stehen, just neben dem Bauern, und er trug einen Römer, mit Helmbusch und dem roten Mantel der Legionäre, doch war dieser zerzaust und hing in Fetzen.

„Was gibt's, Bauersmann?" fragte dieser vom Pferd herab, „was soll Ruf und Halt?", und schon wollte er zürnen, als ihm der Bauer in die Rede fiel: „Will er machen, dass er wegkömmt! Er reitet mir mit seinem Schlachtross Feld und Ernte zuschanden". Und: Sehe er denn nicht, dass hier alles voll Kappes sei, auch Schavur, alles Kohl für die harte Winterszeit, die Frucht vieler Tage Arbeit, seiner und der ganzen Familie.

Da fällt ihm, da er lange geschwiegen, der Ritter ins Wort, denn er versteht und er spricht die Sprache der kölnischen Bauern, lebt er doch schon fünf Jahre seines Legionärslebens in diesem Provinzteil, und erklärt, dass er im nächstliegenden Dorfe, aus dem er gerade komme, von einem frierenden Bettler angehalten worden sei, er sich dieses armseligen Menschen erbarmt und ihm in Anbetracht der kühlen Jahreszeit und der aufkommenden Nacht einen Teil, wohl die Hälfte, und dabei deutete der Römer auf seinen Umhang, seines Mantels gegeben habe, nachdem er diesen mit seinem Schwerte abgeteilt. Hierdurch sei er aufgehalten, und er müsse auf kürzestem Wege, auch über Stock und Stein, zurück ins befestigte Köln, seine Kohorte warte, und er könne da keine Rücksicht auf Feld und Kappes nehmen.

Der Bauer indes hörte kaum zu, zu sehr erzürnte ihn der Frevel des Reiters an seinem Feld voll Kappes und Schavur, und unbedenklich des Schwerts und, ohne Ehrfurcht vor dem Soldatenrock und dem Stande des Römers, griff er plötzlich dem Pferd in die Zügel, riss Hals und Kopf des Rosses tiefer und sprang hoch und schlug dem frechen Reitersmann ins Gesicht und an die Ohren.

Ross und Reiter jedoch, dergestalt vom plötzlichen Sprung überrascht, von der Hand getroffen, erschraken, dem stolzen Römer entglitt der Zügel, und der Gaul rannte mit ihm davon, rannte mit ihm zurück in die Richtung, aus der sie gekommen.

Der Bauer schimpfte noch hinterher, warf auch einige Erdklumpen und ging, brummelnd und grummelnd, verdrossen wegen des verspäteten Nachtmahls, seinen Heimweg zu Ende.

– Und doch wäre alles vergessen, sprach der Wirt, würde nicht bis heute vom Kappesbauern und dem Reitersmann gesungen.

(1994)

Lenin in Köln

Dieser Kneipengast ist eigentlich einer wie du und ich. Nur: Wenn er zu viel getrunken hat, und das hat er im Laufe eines Abends immer, dann wird er krakeelig und aggressiv, er beleidigt, droht: kurz: auf Dauer ist das nicht erträglich. Es gibt Lokalverbot.

Doch jetzt beginnt das Problem: Die Kneipe hat im Keller Kegelbahnen und auf einer trainiert allwöchentlich ein Club, bei dem erwähnter Gast, nennen wir ihn Paul, wichtiges Mitglied ist. Nun hat der Lokalverbot. Der Club, der viel verzehrt und dem Wirt ordentlich was in die Kasse bringt, will auf Paul nicht verzichten. WAS TUN?

Doch der Wirt ist ein alter Sozialdemokrat, einer der Sorte, die sich in den Verästelungen, den Irrungen und Wirrungen dieser traditionsreichen Partei und Bewegung auskennt, von Geschichte weiß und Stefan Zweigs historische Miniatur „Der versiegelte Zug" gelesen hat.

In diesem populären Text wird geschildert, wie ein sogenannter Lenin am 9. April 1917, unter Geheimabkommen mit dem deutschen Generalstab, aus dem Schweizer Exil durch das kaiserliche Deutschland nach Russland geschleust wurde. Das ganze geschah in einem plombierten Waggon, keinerlei Kontakt mit irgendwelchen Menschen war auf der Durchreise gestattet.

Ähnlich verfährt nun unser Wirt. Pauls Lokalverbot bleibt – auch um anderen Gästen ein Zeichen zu setzen – bestehen. Er darf aber weiter kegeln, unten im Keller, wenn er sich direkt und ohne jede Kontaktaufnahme oder Getränkezuführung zur und von der Kegelbahn bewegt.

Wir sehen: Kenntnisse von Geschichte und Literatur erleichtern das Leben auch im heutigen Alltag.

(1998)

Meine Lieblingsstraße

Meine Lieblingsstraße in Köln ist nicht die Severinstraße, auch wenn die sich jetzt neu gestaltet präsentiert, mit Fahrbahn und Trottoir auf einem Niveau, mit U-Bahn-Stationen, fast wie in einer richtigen Großstadt, mit einem immer noch vorhandenen Mix von Läden, wo man alles bekommen kann. Wo gibt es das in Köln sonst noch?

Auch nicht auf dem Eigelstein, wo die große Figur des Kölschen Boor am Stadttor Wache hält über Kölsche, Türken, Kurden und wer sonst noch hier lebt. Nun ist die Gaffel-Brauerei fortgezogen, aber ein paar Kneipen und vor allem das „Weinhaus Vogel" halten ihre Position zwischen all den Läden für Brautmoden und Ein-Euro-Shops.

Nein, auch nicht die Hohe Straße und die Schildergasse, wo es keine Türen mehr gibt, nur noch große viereckige Löcher, wo man direkt hineinfällt und laut beschallt wird. Und auch nicht die Breite Straße, wo man froh sein muss, dass man sie noch lebend erreicht, wenn man von Kolumba kommt und die Nord-Süd-Fahrt überstanden hat.

Nein, meine Lieblingsstraße liegt im Herzen von Köln, in der Nähe des Neumarkts. Es ist eine kleine Straße, eine ganz kleine Straße, die eigentlich eine Gasse ist und von zwei Straßen, größeren Straßen, begrenzt wird, die aber Gasse heißen.

Meine Straße heißt „Baumstraße". Das kann man auch auf dem einzigen Straßenschild lesen, das diesen Namen trägt. Das steht da, wo die Straße in die Lungengasse abbiegt. Linker Hand ist die Deutsche Rentenversicherung, die wohl viele Kölner kennen. Die liegt fast nur an meiner Baumstraße, hat aber als Adresse Lungengasse 35. Auf der rechten Seite ist ein großes Parkhaus, so vier, fünf Etagen; so ist meine Straße ziemlich düster. In dem Parkhaus befindet sich auch die Gastronomie für das Karree hier, ein Stehcafé.

Im Parterre gibt es die „Rheinenergie-Tanke", wo man Elektroautos mit Ökostrom versorgen kann. Aber so richtig viele sind das noch nicht.

Meine Straße war mal eine Durchfahrtsstraße, jetzt ist es eine Sackgasse; also für Autos. Räder und Fußgänger fahren und gehen gern durch. Die erste Hälfte, von der Lungengasse aus gesehen, ist asphaltiert, und es gibt zwei Laternen, eine sogar mit einer Mülltonne dran.

Dann kommen fünf Poller, das heißt: Hallo, keine Autos! Damit man das auch sieht und unter den Füßen bemerkt, ist in diesem Teil alles gepflastert. Und jetzt vier Bäumchen, die noch gar nicht wissen, dass sie mal Bäume werden sollen, so in einer richtigen Baumstraße.

Dann sechs Poller; damit ja nichts den Bäumchen geschieht. Und damit alles ordentlich bleibt, stehen da zwei Glascontainer, weiß/weiß und grün/braun. Und dann kommt die Spinnmühlengasse.

Als meine Baumstraße noch eine Durchgangsstraße war, also eine richtige Straße, gab es keine Bäume. Jetzt stehen hier Bäume, aber es ist keine richtige Straße mehr.

Und morgen gehe ich mal wieder vorbei. Ich will meinen Bäumchen beim Wachsen zusehen.

(2016)

Meine Straße

In der Straße, in der ich Wohnung habe, kennt jeder jeden nicht. Es ist eine kurze Straße, klar begrenzt durch rechtwinklig zu ihr verlaufende größere Straßen: Es gibt auch noch einen einseitig bebauten nördlichen Fortsatz, aber der zählt nicht.

In meiner Straße, die mir ist, wie die ganze Stadt Köln, also mir ist, wie ich ihr bin, lebe ich seit fast zwanzig Jahren. Für mich ist das viel, für die Straße ein Fünftel ihrer zeitlichen Existenz. Nicht wenig also.

In zweiter Reihe parallel zum Ring, stadtauswärts Richtung Westen, im ehemaligen Schussfeld, Niemandsland der mittelalterlichen Stadt gelegen, nach Schleifen der Mauer zur Bebauung in den 80er-Jahren des vorigen Jahrhunderts freigegeben. Und da damals das neue Opernhaus in der Nähe errichtet wurde, hat man die Straße nach einem großen Komponisten benannt. Anstelle der im Krieg bombardierten, in den 50er-Jahren endgültig abgerissenen Oper steht ein Hochhaus. Da war mal Bundesverwaltung drin, heute wird es als Hotel genutzt, in dessen Präsidentensuite Popstars im Whirlpool über Köln schauen.

Meine Straße hat ihren Wohncharakter behalten, ihren Namen auch. Mein Haus ist im Krieg stehengeblieben, nur das Hinterhaus ist weg und durfte auch, um einer Verslumung vorzubeugen, nicht wieder errichtet werden. Meine Wohnung ist renoviert, was heißt, dass die Stuckdecken nicht erneuert, niedrigere eingezogen, die alten unterteilten, der Fassade angepassten Fenster herausgebrochen und durch Doppelglas ersetzt, eine Gasheizung einmontiert und die Fußböden mit Pressholzplatten zugeschraubt und mit PVC beklebt wurden. 1980 zahlte ich 500 DM für hundert Quadratmeter, heute fast das Dreifache. Und wir sind jetzt verkabelt.

In unserer Straße gibt es noch Leute, die schon immer hier wohnten, jedenfalls vor mir hier eingezogen sind. In unserem Haus sind wir die ältesten Mieter.

Man grüßt sich, wenn man sich kennt. Man kennt sich, wenn einer einfach mal mit dem Grüßen angefangen hat, weil man sich öfters sieht. Es gibt nur ein Lebensmittelgeschäft mit separatem Brotverkauf vorne.

Als wir hier einzogen, war gegenüber ein türkischer Laden, der aber bis knapp vorher noch ein deutscher Laden gewesen war. Der Türke war aber nur kurz drin, dann kamen Ökos und machten einen Müsliladen daraus. Der ist heute noch da, ist in der ganzen Stadt bekannt, und vor allem am späten Samstagvormittag strömt die Klientel zum Einkauf herbei. Der Bürgersteig ist dann voll von Fahrrädern. Viele haben Kindersitze. Vor dem Betreten des Ladens und nachher redet man lange miteinander. Kunden geben sich Tipps und erkundigen sich und geben Auskunft. Im Laden selbst wird intensiv beraten, gerochen, gezeigt, geschmeckt. Es wird auch verkauft. Man will die Vernichtung der Erde aufhalten. Das Brot ist teurer als im Supermarkt.

Bis vor zwei Jahren gab es ein gut bestücktes, gut florierendes Zeitungsbüdchen. Man konnte auch Büro- und Schulkram, auch Getränke bekommen. Um halb sieben war auf, und nach zwölf Stunden wieder zu. Der erste Besitzer, den ich kennenlernte, war ein beleibter Sachse mit einer resoluten Frau, die den Laden schmiss. Bei ihnen konnte man auch noch KVB-Karten kaufen. Im Verlauf eines Tages meldete sich die ganze Straße, dazu die Handwerker und Vertreter, die hier zu tun hatten und den „Express" und Marlboro kauften. Aus Altersgründen wechselte der Besitzer. Es kam wieder ein Sachse, der eine Schwester in Kanada hatte, die bei ihren Besuchen gern und geschickt im Laden half und richtiges Hochdeutsch sprach. Die KVB-Karten wurden abgeschafft, weil die Konditionen unzumutbar wurden. Als die Wiedervereinigung kam, ging der Besitzer wieder nach Sachsen, das er aus politischen Gründen verlassen hatte. Es folgten zwei klägliche Versuche, die scheiterten. Seitdem wird ein neuer Pächter gesucht. Die Mietforderung soll horrend geworden sein.

Genau vis-à-vis ist jetzt ein indisches Lokal. Das hält sich schon seit einigen Jahren. Davor war da ein Bistro, in dem auch Hermann Götting, der um die Ecke wohnt, im Wallegewand am Fenster saß. Davor war da ein böhmisches Lokal, „Smetana", vor und in dem schon mal böhmische Musikanten böhmische Musik zu böhmischen Knödeln spielten. Davor war da Herve, ein Franzose, der sein Restaurant als Patron selbst bekochte.

Die Küche ist auf der ersten Etage, und ich kann in die Töpfe schauen. Der Inder unterhält sich in Zeichensprache mit meinem Sohn, und ich habe gesehen, wie Herve beim Kochen immer einen Schluck Wein in den Kessel und einen in die Kehle geschüttet hat. Wir prosteten uns zu.

Als Herve noch hier war, wohnte rechts über ihm ein guter Geiger. Und weil der sehr gut war, freute man sich, wenn er bei geöffnetem Fenster übte. Er zog weg, und Susi zog ein.

Susi war ein Transvestit oder so was. Er war über sechzig, trug eine Perücke. Hatte er einen Nadelstreifenanzug an, war es Kurzhaar. Brach er per Rad im Mädchenoutfit zum Aachener Weiher auf, gab er sich als langhaarige Blondine. Zu Frauen war er sehr galant, wenn er sie ins italienische Eiscafé auf der Aachener Straße führte. Er sprach mal affektiertes Hochdeutsch, wenn er sich über seinen Krebs, seine schwere Lungenkrankheit und seine bald erscheinende Zeitungsserie mit politischen Enthüllungen ausließ, mal ordinärstes Kölsch, wenn er Kinder beschimpfte. Am gleichen Fenster, an dem der Geiger übte, zeigte sich Susi und kontrollierte seine Frisur, indem er einen Handspiegel gegen das Sonnenlicht hielt.

Beide fragte man, wie es so ginge, von der Antwort verstand man kaum etwas im Straßenlärm, man winkte sich zu, lächelte und machte weiter. Susi ist dann vor ein paar Jahren gestorben, an Aids, meinte mein Nachbar, im Fenster lehnend.

In der Wohnung über Susi wohnte lange Zeit seine Hausbesitzerin. Da kam jeden Tag Punkt elf ein Penner, klingelte. Ein Fenster öffnete sich, und ein Butterbrotpaket wurde heruntergeworfen. Kurzer Dank und ab. – Ich dachte mir als Erklärung, dass es der geschiedene, verkommene Ex-Mann sei, der sich durch diese Caritas seiner Ehemaligen am Leben erhielt. Das war mir immer ein Trost.

Diese Hausbesitzerin, berichtete Susi vor Jahr und Tag, habe mal im Zuckerkoma zwanzig Minuten lang geschrien, er, Susi, sei nicht zu ihr reingekommen, man habe die Polizei holen lassen, die Frau sei jetzt bei Aachen in einem Altersheim. Die Tochter, die in Belgien lebe, habe das Haus geerbt. Ein neuer Mieter sei auch schon gefunden, hätte sich ihm aber noch nicht vorgestellt. „Es gibt ja heute keinen Benimm mehr. Arschlöcher!" Und: „Ich bin ja selber schwer krank. Mir könnte es auch jeden

Tag so gehen. Aber man wird den Leichenge-
ruch ja schon rechtzeitig merken."

Auf unserer Seite, wo jetzt der dynamische,
avantgardistische Friseur arbeitet und wirkt
und alle Ladenschlusszeiten miss- und nur als
Fesseln seiner Kunst verachtet, war früher ein
Getränkebüdchen. Es wurde direkt aus mehreren Kühlschränken und Kästen verkauft, man
konnte aber auch kleine Speisen haben. Die
machte Herr Dede, ein Türke, von einer Deutschen geschieden, jetzt mit einer Portugiesin
zusammenlebend, ein beleibter älterer Mann,
der gern lachte und seine Goldzähne zeigte.
Alleinstehende kamen gern hierhin, hockten
sich auf die Kästen, beguckten die Kunden
und erzählten und hörten zu. Und als ich eines
Abends Bier holen ging und einem Schwarzen,
der häufig hier war, sagte, dass Wole Soyinka
als erster Afrikaner den Literaturnobelpreis
bekommen habe, weinte und lachte der, um-
armte mich und tanzte. Herr Dede gab darauf-
hin ein Bier aus, und wir alle waren mächtig
stolz auf unser Afrika.

Herr Dede, was Großväterchen bedeutet, und
seine damalige deutsche Frau hatten ursprüng-
lich nebenan den Imbiss gehabt. Mit Wonne
und Kennerschaft machte er, sichtbar am

Fenster stehend, sein langes Messer scharf, um den Schisch Kebab hauchdünn zu schneiden. Zur Taufe meines Sohnes hat er selbst das Brot gebacken. Dann hat man ihm mal in die große Glasscheibe geschossen. Da war er es leid und hat ein Haus weiter sein Büdchen aufgemacht. Jetzt betreibt er einen Bierausschank in Stadionnähe und ist von der Portugiesin getrennt. Die hat dann mal versucht, den Zeitungsladen zu übernehmen. War aber nichts.

Dede gegenüber war noch bis vor Kurzem ein Trümmergrundstück, auf dem nur das Parterre und ein Teil des Hinterhauses bewohnbar waren. Im Erdgeschoss war ein türkisches Cafélokal, in dem vierundzwanzig Stunden lang, oft hinter zugezogenen Vorhängen, immer bei geschlossener, stahlbewehrter Haustür gezockt wurde. Öfters trommelten in der Nacht türkische Frauen gegen Tür und Fenster und wollten ihre Männer sehen.

Das Haus wurde in den letzten Jahren wieder aufgebaut, statt drei, wie in Straße und Häuserflucht üblich, wurden vier Geschosse eingezogen, eine schlichte Fassade davorgesetzt. Als man bei Aufräumungsarbeiten das alte Resthaus ausweidete und das Inventar rausschmiss und auf Container knallte, konnte ich ein Stück

Handlauf des alten Treppengeländers retten. Es hängt bei mir an der Flurwand, und ich weiß nichts von dem, was es alles erzählen könnte.

Daneben wohnte einmal Herbert Grönemeyer, ein seinerzeit bekannter Sänger und Musiker, der immerfort den Ort Bochum besang und sich die Haarsträhne aus der Stirn wischte. Als erster in der Straße fuhr er einen Wagen mit Katalysator. Des Öfteren saßen Mädchen in unserem Hauseingang und starrten nach gegenüber, um den Künstler zu sehen. Wenn es mir lästig wurde, gönnte ich Grönemeyer Urlaub oder eine Welttournee und erreichte so den Abzug trauriger Fans.

In letzter Zeit wohnen einige RTL-Darsteller in der Straße, deren Lage und Atmosphäre sie schätzen. Wenn man die Serien nicht kennt, sind es die Jungs von nebenan. Und wenn man sie kennt, auch.

Des Öfteren sieht man einen älteren Herrn mit silbergrauen Haaren durch die Straße gehen, zum Inder, zum Ökoladen oder einfach nur so, weil er um die Ecke wohnt. Es ist Holger Czukay, Mitglied der legendären Band „Can", die in den 70er-Jahren große Musikgeschichte geschrieben hat. Er geht so würdig und sieht so seriös aus; wie einer, der es partout nicht leiden kann, dass der Sohn es sich überlegt, Schlagzeug spielen zu lernen.

Früher kam die Müllabfuhr montags, jetzt dienstags. Früher gab es keinen Baum in der Straße, jetzt deren zehn. Früher hatten wir kein Kind, jetzt wird es vierzehn.

Früher war es 'ne Straße. Jetzt ist es meine. Man lernt sich kennen.

(1998)

Metzgerei Schmitz

Friseure übertreffen sich an Witzigkeit in der Namensgebung ihrer Läden. Da wollen auch andere Branchen mittun.

Ein Bistro auf der Aachener Straße in Köln nennt sich „Metzgerei Schmitz". Das Publikum ist studentisch und jung-akademisch. Nebenan ist das „Bauturm"-Theater, da nimmt und gibt man in der Nachbarschaft.

Die kleinen Bäckereien, die es vor zwanzig Jahren im Karree noch gab, wurden von der Kette Kamps geschluckt. Und seit fast zehn Jahren gibt es im Viertel keine Metzgerei mehr, die Versorgung der Bevölkerung erfolgt durch die Kette REWE.

Die letzte Metzgerei war die von Dieter Schmitz. Der stammte von einem kleinen Bauernhof in der Voreifel. Da boten Großstadt und Handwerk eine Perspektive. Die Metzgerei lag gut, lief gut und ernährte ihren Mann, auch Frau und Tochter. Die konnte auf eine höhere Schule geschickt werden und den Polizeidienst anstreben. Als sie in der Polizeikaserne in Brühl vereidigt wurde, war der Vater dabei und weinte beim Deutschlandlied. So erzählte er es in der Kneipe gegenüber dem Ladenlokal, wo er täglich verkehrte, wo er seine Metzgerei im Auge hatte und jederzeit hinübereilen konnte. Das musste er aber nicht, seine Frau war fleißig, umsichtig, und wenn er vormittags seine Verrichtungen in der Wurstküche im Keller abgeschlossen hatte, brauchte sie ihn auch nicht, sie wusste ja, wo er war. Und da war er gut aufgehoben. Und Knochen hacken konnte sie auch. Mit ihrem dicken Bleistift schrieb sie Preise und die Endsumme auf das Einwickelpapier. Kinder bekamen eine Scheibe Fleischwurst. Deren Eltern freuten sich und fürchteten weder Schwein noch Fleisch an sich. Bis in die Sechzigerjahre hingen halbe Schweine an Haken im Verkaufsraum. Sie trugen den lila Stempel des Veterinäramts, da konnte also nichts passieren.

Nachmittags tranken Metzger Schmitz und seine Frau in der angrenzenden Wohnküche Kaffee, die Rolltür stand auf. Eine Mittagspause gab es nicht. Man wohnte auf der ersten Etage. Um halb Sieben war Feierabend, auch als die Ladenschlusszeiten gelockert wurden. Man musste ja früh raus, zum Schlachthof in der Liebigstraße, in die Wurstküche unten.

Dann war der Laden eines Tages geschlossen. Kurzer Leerstand, die Theke wurde um neunzig Grad gedreht, hier und da was renoviert; aber die Kacheln ließ man und die Leuchtschrift über dem Schaufenster. Die liest man noch heute, eben „Metzgerei Schmitz". Man kann Kuchen essen, auch Herzhaftes. Vegetarisches wird bevorzugt.

(2016)

Nicht Bach, Meer sollte er heißen!

Sagt man, habe Beethoven gesagt.

Kannte einen, der erwähnte diese Sage immer dann, wenn die Rede auf Bach kam. Kannte den; der ist aber jetzt mehr als zehn Jahre tot. Kannte ihn als einen Sänger. Nicht als Beruf, so Oper, Rundfunk, nein, aber kurz davor.

Er hatte in Chören alles gesungen, was man seriös so singt, wenn man was kann und das will. Alle großen Komponisten, alle wichtigen Werke: alles gesungen. Und einer war quasi sein Gott: Johann Sebastian Bach. Viele Kantaten, die Passionen, die Weihnachtssachen, die H-Moll-Messe. Da wurde keine Probe versäumt, mit Kopf und Herz war er dabei.

Und wenn der Einsatz kam und das Orchester seinen Rhythmus anging wie einen Pulsschlag, da hatten Musiker, Sänger und Zuhörer alle den gleichen Blutstrom, alle den gleichen Herzschlag. Wie das einen reinzwang, einen in den Bann zog! So wurde ihm die Musik zum Lebenselixier, in seinem Sinn zu einem Gottesgeschenk. Er sang nicht nur, er ging auch hören: Konzerte, Gottesdienste. Nichts ließ er aus, alles nahm er mit. Von all dem wollte er umfasst, erfasst und mitgenommen werden.

Dafür hatte er auch immer Geld. Da musste dann eben woanders gespart werden.

Aber je älter er wurde, umso weniger wurde das. Er konnte auf einmal vieles nicht mehr ertragen: Wenn einer im Konzert flüsterte, mit dem Programmheft raschelte, auf dem Stuhl, im Sessel hin und her rutschte und ruckelte. Und wenn einer hustete und nieste, schaute er den böse und traurig zugleich an: Bleib doch daheim, wenn du krank bist! – Er konnte sich dann nicht mehr so konzentrieren, wie er das wollte, wie es sein Anspruch an sich selbst war, wie Bach es verdient hatte. Der große Bogen war dann fort.

Und dann wurde es noch schlimmer. Er konnte nicht mehr an sich halten, und es gab Stellen und Passagen, sagen wir mal in der Matthäus-Passion, da schüttelte es ihn, er fing an zu weinen und zu schlucken, ja, richtig zu weinen und auch leise zu schluchzen, mitten im großen Saal des Gürzenichs, mitten im Dom und in den romanischen Kirchen. Dann setzte er sich mehr an die Seite, aber alle bekamen es mit. Die Musik packte ihn so an, griff nach ihm, nahm ihn mit, erschütterte ihn, dass er es nicht mehr fassen konnte, dass er sich nicht mehr fassen konnte.

Die Leute um ihn herum waren zunächst irritiert, dann peinlich berührt. Wer will schon einen erwachsenen Menschen so außer Rand und Band, so außer Benimm und Commant sehen, und man drehte sich ab, man tuschelte und sprach in der Pause und im Anschluss darüber. Man schaute ihm nach. – So ging das nicht weiter.

Und auch das Singen, sein Singen in den Chören, ging nicht mehr. Zwei-, dreimal noch, dann sprach man in den Ensembles mit ihm. Klar. Und die letzten Jahre hat er Musik nur noch daheim gehört, im Sessel vor dem Radio, dem Plattenspieler, dem CD-Player gesessen, gehört und geweint, hier mal was mitgesungen und da. Er gewöhnte sich daran. Er schämte sich auch nicht. Es sah ihn keiner, es hörte ihn keiner.

Und mir hat er das einmal erzählt. Ich habe viele Jahre neben ihm im Chor gestanden und mit ihm geatmet und gesungen. Wir hatten uns zufällig vor dem Gürzenich getroffen. Ich ging ins Konzert, und er wollte zum Kaufhof was einkaufen, wie er sagte; da ging sein Weg nun mal hier vorbei.

(2015)

Nullzueins

Und wie die Schultern bebten, Rotz und Wasser flossen, der Kopf auf den Händen lag und zitterte. „Jetz will ich och kei Weihnachte mieh!"

Die Scheiben der Straßenbahn waren beschlagen, alle Sitzplätze waren belegt, teilweise saßen Jugendliche zu dritt auf zwei grünen Sitzschalen. Es schneite draußen, und die maximal laufende Heizung der Bahn ließ die nassen Jacken und Mäntel dampfen. Obwohl so viele Menschen hier beisammen waren, war es still. Es war ein Tag vor Heiligabend.

Der Junge, vierzehn, fünfzehn mochte er sein, hatte den Kopf zur Fensterscheibe gedreht, er schaute auf das beschlagene Glas, jemand hatte vorher versucht, die Scheibe klar zu wischen, aber auch diese Streifen waren wieder von milchigem Tau eingegraut, er schaute auf die sich von außen absetzenden Schneeflocken, Wassertropfen, die, vom Fahrtwind getrieben, schräg das Glas entlangtränten.

Der Junge weinte jetzt leiser, und er suchte durch die undurchdringliche Scheibe die schwarze, endlose Nacht dahinter. Und in Stille und Einsamkeit stieß er wieder hervor: „Jetz will ich och kei Weihnachte mieh!"

Die anderen Fahrgäste, Jugendliche vor allem, aber auch Erwachsene, die rot-weiße Schals und – weniger – Mützen trugen, schauten, die sie in der Nähe des auf seine Hände Zusammengesunkenen, auf die Rücklehne des Vordersitzes Gestützten standen, auf diesen in Verlegenheit und wie ertappt.

Man hatte die Mäntel wegen der Hitze in der Bahn teilweise aufgeknöpft, Mützen, Hüte, Kapuzen abgenommen, zurückgeschlagen, die Fan-Schals gelockert.

Der Junge war nun still geworden, er hatte seinen FC-Schal über den Kopf und vors Gesicht gezogen. Schemenhaft sah er sich im Fensterglas, schrieb mit dem rechten Zeigefinger „1. FCK" in den feuchten Niederschlag, sagte ein letztes Mal „Jetz will ich och kei Weihnachte mieh" und wischte Ordnungszahl und Buchstaben weg.

Der 1. FC Köln hatte an diesem 23. Dezember in einem Bundesliganachholspiel gegen den VFB Stuttgart 0:1 verloren und damit alle Chancen auf die Meisterschaft eingebüßt.

(1994)

Quirinus von Malmedy

Pilgerschaft ist nicht nur Wandeln und Folgen auf des Heiligen Spuren in mechanischer Weise, ist nicht nur leibliches Aufsuchen der Orte des Wirkens. Pilgern ist auch Nachfolgen in geistigem Sinne. So sitze ich, einfältiger Schreiber, und suche in Büchern und Atlanten des Heiligen Spuren und Wege. Und nebelhaft, verschwommen sind sie durch Zeiten und Räume. Lexika sprechen nur vorsichtig von legendären Nachrichten, und es soll dennoch nicht unversucht bleiben, des Quirini Leben zu erahnen. Und Ahnung trifft häufig genauer denn Empirie. Wenn nun der Leser in dieser Erzählung des Lebens Quirini Mutmaßungen, Untersuchungen und Fakten aus historischen und wissenschaftlichen Quellen findet, so betrachte er sie als Gerüst und zugleich als Objekt dieser Rekonstruktion eines Heiligenweges, des Weges von Rom nach Malmundaria, des Klosters in Ardenna, des Weges eines Priesters der Urkirche zum verehrten Heiligen Malmedys.

Folgen wir nun durch Bücher und Atlanten diesem Wege, beginnen wir mit der Historia Sancti Quirini.

I

Zu der Flavier Kaiserzeit, sei es, dass die Welt
gerade auf des Vespasian oder des Titus Wort
hörte, zu dieser Zeit – unbestimmt, schwan-
kend, doch wahrscheinlich gegen Ende des
ersten Jahrhunderts Christi –, da brachen zu
Rom, dem strahlenden Herzen der Welt, dem
Boden der Katakomben, zwei Männer auf,
Geistliche beide, und folgten der Weisung des
heiligen Dionysio. Nicht zum ersten Mal brachen sie auf nach Gallien, um den Boden zu
bereiten zur heutigen Frömmigkeit. Doch sollte diesmal die Fahrt weiter gehen; reichte der
längste Weg bisher ins westliche Aquitanien, so
sandte Dionysius sie diesmal höher hinauf, in
den nördlichsten Zipfel der Provinz Gallia
Ludugunensis, und noch weiter, in den Süden
Belgicas, ins Gebiet der Belovacer und Suessi-
onen. – Und zu diesen Zweien gesellte sich
noch ein Dritter, der Diakon Scribilius. Die
zwei, das sind Nicasius, späterer Bischof, und
er, Quirinius, Objekt dieser frommen Betrachtung, er, Quirinus, als Priester und Begleiter
und Helfer des Nicasius. Wir sehen nicht
Haupt oder Führer, sondern Diener und Helfer; doch die Zukunft veränderte Stellung und
Rang. Doch weiter. Nach Wochen, Monaten

oder Jahren – wer kennt denn die Zeiten solcher Fahrten? – fanden die drei Rothomagen, an einer Windung der Sequana, der Seine, gelegen. Auch der Name der Stadt änderte sich wie die Bauten der Menschen, bleibende Fundamente unter wechselnden Mauern; aus Rothomagen ward Rouen.

Und Rothomagen wurde der dreien neue Heimat. Wahrscheinlich lebten sie bei Glaubensgenossen, die dem Herrn dankten, Verstärkung aus dem Heiligen, Ewigen Rom zu haben. Die Wanderer mögen nun ein wenig geruht haben nach der langen, beschwerlichen Fahrt auf dem Wege voller Gefahren. Sie hatten ihn glücklich bewältigt. Und nun soll nach der Legende, aus was für Gründen auch immer, Nicasius, der Fromme, der Römer, zum Bischof gewählt worden sein, zum ersten Bischof Christi zu Rothomagen, dem Rouen Frankreichs. Der Fremdling, der Weise, der Älteste von den drei Wanderern, hatte nun örtlich gebundene Pflichten.

Es mag nun sein – es fehlen uns Quellen und Schriften –, dass unser Quirinus nun allein missionierte, doch möglich ist auch, dass beide zusammen – wir lassen Scribilius, den Diakon, aus der Erzählung bis gegen Ende, denn sonst wird er in Schriften nirgends erwähnt –, dass also beide zusammen umhergingen und Gottes Wort kündeten nach der Weisung Christi, die da heißet in Markus 16, Vers 15: „euntes in mundum universum predicate evangelium omni creaturae", was verdeutschet wohl heißt: Gehet hin in die alleinige Welt und prediget das Evangelium allem Geschaffenen. So missionierte denn Quirinus die Landschaft Vexin, und es mag wohl gekommen sein, dass Quirinus das Meer sah. Und welche Gedanken mögen ihm wohl gekommen sein, ihm, dem warmluftgewöhnten Römer, beim Anblick der rollenden Flut des Atlantiks, damals Oceanus Britannicus geheißen, heute Ärmelkanal oder La Manche, was wohl dasselbe ist. Und ob er wohl ahnte, dass dies seine letzte Fahrt von Rom aus gewesen? Als er fröstelnd dem klatschenden Meere den Rücken zuwandte, da fühlte er höchstens dumpf, doch gewiss nicht wusste er sein baldiges Los und das des Nicasius. Denn es gibt keinen lebenden Heiligen, der alles wissen könnte. „Heiliger" Quirinus kann man erst sagen, wenn der Leib gestorben und Gott trotz dem Verluste des Körpers noch Wirkungen an Quirino zeitigt, noch Miracula in des Heiligen Nähe geschehen lässt. – Doch wir greifen zuvor, aber das kühle, tödliche Meer verleitete vielleicht Quirino zu dumpfer Ahnung, auf jeden Fall aber mich, den frommen Leser vorzubereiten.

Eines Tages nun, als Nicasius, der Bischof, und Quirinus, der Priester, sich im Dienste Christi Wort von Rothomagen in nordöstlicher Richtung schon einige Tage entfernt hatten, stießen sie auf ein Wasser, das der Franzose heute Oise nennt, das zu des Quirini Zeiten jedoch als der Fluss Isara bekannt war. Ihn überfuhren die beiden. Und ein beschwerliches, fluss- und sumpfreiches Land nahm sie auf, das am Tage dieser Niederschrift als Ile de France in den Atlanten eingetragen. Doch das Seufzen des wässrigen, binsenbedeckten Landes wird sie wohl wenig geschreckt haben, sie, die die Tücken der pontinischen Sümpfe Roms kannten.

Und Quirinus und Nicasius bogen in ein Tal ein, das bewohnt war. Die Menschen, größer gewachsen, dunkelhaarig, hörten den zweien mit offenen Mäulern zu, wie um deren lateinische Anreden besser zu nehmen, und verstanden sie nicht; sie waren dumm und ungebildet. Doch werden unsere Römer zu Rothomagen sich ein wenig im Dialekte dieser Barbaren geübt haben, und so gelang denn nach einigem

Nicken und Winken ein Reden. Dann führten die Heiden die zwei Frommen zum Brunnen der Siedlung. Doch blieben die Männer – die Frauen lugten aus Hütten – in Rufweite von der bauchigen Höhlung des Brunnens entfernt. Und forschend erfuhr Quirinus von der Qual dieses Tales. Ein Lindwurm, ein giftiger Drache, behauste die kühlende Wölbung und nährte die Brut mit dem Fleisch dieser Menschen. Und gleich dachte Quirinus, die Tötung desselben von Gott zu erflehen. Er durchwachte vermutlich die folgende Nacht, sich stärkend im Gebete vor ängstlichem Zagen. – Leser, du fühlst schon, Quirinus wird den Drachen bekämpfen, doch wirst du fragen, warum tut dies nicht Nicasio, der Bischof, der ältere, höherstehende? Und antwortend sage ich dir: Nichts weiß ich, es schweigen die schriftlichen Quellen. Doch entscheidet nicht Gott, und werden nicht beide Gottes Entscheid des Nachts im Gebete gefühlt haben? Gottes Wege sind wundersam, und Quirino bestimmend, hat er diesen erhöhet. – Fahren wir fort. Und anderen Tags legte sich Quirinus die Stola des heiligen Nicanus über die Schulter und empfahl sich Gott.

Dann machte er sich los vom Kreise der Menschen um den Brunnen und trat, nachdem ihn Nicasius gesegnet, heran an das gähnende Wasserloch, wo die Quelle strömte. – Leser, fast nichts wissend vom Kampfe Quirini, taste ich vollends im Dunklen, ohne Halt versuche ich nun fortzufahren in der Beschreibung; helfet mir mit eurer Fantasie. – Vorsichtig lugte Quirinus über den Rand hinab in den Schacht, doch die giftige Luft des Drachens ließ ihn weichen. Und zagend und Gott um Beistand bittend, wird er sich mit der Linken noch einmal des Schwertes versichert haben, dann aber hat er das Kreuz Christi in beide Hände genommen und ist laut rufend an den Rand getreten. Und dem Wasserloche entquoll der schuppige Leib des Drachens, wie Malmundars Wappen ihn uns bewahrt, schwarz und mit den Flügeln der Fledermaus. Dies grauslige Tier stand nun dem Quirino entgegen, und heißen Atem, der das Wasser vergiftet, schnob es aus rötlichen Nüstern. Die Menschen um den Brunnen, schon vorher in Rufweite, flüchteten noch weiter. Und schreckensbleich mögen Frauen und Kinder geschrien haben, die Männer voll Angst gewesen sein um Hütte und Familie, doch stand Nicasio unter ihnen lächelnd und sie tröstend, wusste er doch um

Gottes Willen. Und sehet, es erstarrte die Bewegung des Drachens beim Anblick des Kreuzes Christi, das Quirinus ihm vorhielt. Und Quirinus, unser Heiliger, der Tapfere, schaute ihm ins Augenlicht, und er sah, dass das Böse entwichen, rasch stach er mit dem Schwerte in das Tier bis auf das Blut. Entseelt brach es nieder.

So tat Quirinus. Und das Wasser ward also frei vom giftigen Drachen, doch nicht nur zum Tranke, zur Bereitung von Speisen, sondern desgleichen zum Tranke des heiligen Geistes. Also gingen Quirinus, der Drachentöter, und Nicasius, der Bischof, ans Werk, gemäß Jesu Wort, welches stehet bei Matthäum, caput XXVIII: „Euntes ergo docete omnes gentes, baptizantes eos in nomine Patris, et Filii, et Spiritus sancti." Also tauften sie sämtliche Menschen der Siedlung und die der Umgebung, die Kunde von Quirini Wirken hatten. Und dreihundertundachtzehn Menschen sind getauft worden in diesem Brunnen, im Namen des Vaters, des Sohnes und des Heiligen Geistes.

Ob der hohen Zahl frohlockend, zogen weiter Quirinus und Nicasius, um weiter zu wirken und zu taufen. Und es scheint, dass gerade unser Quirinus, der Heilige Malmundars, von

Gott bevorzugt gewesen sei, Miracula zu wirken. Und es hob nun an die schönste Zeit für Quirino und auch für Nicasio, den Bischof Rothomagens, vergessen waren die Ahnungen am sandigen Strande des Atlantik.

Weiter wandernd ließ Gott der Herr Quirinus Kranke heilen und viel Wundertaten tun. Also legten sie mit den Grund zur heutigen Frömmigkeit Frankreichs. Und dann – o Leser, einmal muss es kommen, die breiteste Schilderung des Weges Quirini wird es uns nicht ersparen, von dem Folgenden zu berichten; doch ihr wisst schon das Folgende, zumindest erahnt es euer frommes Gemüt; also, obwohl schweren und traurigen Herzens, es sei! – und dann – nein. Leser, versteh' meine Qual, mein Zögern, das Blühen dieses Lebens, den Erfolg dieses Wirkens mit der Feder beenden zu müssen, zwar nur nachvollziehend, aber dennoch. Ach, wie liegen doch Glück und Leid so geschwisterlich beisammen, dass das eine schon fast das andere ist. Endgültig jetzt; ich schreibe nieder den Leidensweg Quirini und Nicasii.

Und als sie nun wohl noch ein Jahr nach des Drachen Tod gewirket, da suchten sie Söldner des Statthalters Frescenius, und sie wurden gefunden. Und in Begleitung dieser schwarzhaarigen Waffenträger schritten Quirinus und Nicasius den Weg, den sie gegangen, zurück. Dann überschritten sie die Sequana, die Seine heutiger Weltkarten, und sie werden Rothomagen in der Ferne gesehen haben; der Dunst des nahen Meeres hat Nicasios Blick auf seine Hirtenstadt vernebelt, und Quirinus wird die Dämpfe mit der wiederkehrenden Ahnung des Atlantik eingesogen haben. Und zurückgekehrt – wenn auch unter Zwang, aber dennoch waren sie's – in die Gallia Ludugunensis, schleppte man sie nach Gasny, in der Nähe der Seine bereichernden Eure, und dort wurden sie vor allem Publikum öffentlich mit Ruten geschlagen und dann – zusammen mit Scribilio, dem Diakon, den sie hier tränenden Auges wiedergefunden –, dann wurden sie am elften Tage des Weinmonds Oktober einhundertundachtzehn nach Christi Geburt, unter des Domitian Herrschaft, enthäuptet. Die Hand wird mir zittrig, ich schließe den Lebensbericht.

II

Die Sonn' spielet mit dem goldenen Verzier des Quirinusschreines, den Blick des frommen Pilgers verführend. Vor dem Schreine kniend, sehen wir ihn da ruhen an westlicher Stütze der Vierung in der Kathedrale zu Malmedy, das im vorigen Teile Malmundar genannt ward.

Nun, Leser, lass uns mit dem betenden Wanderer den Blick abschweifen vom Schreine und lasst uns Raum und Zeit verändern. Versetzen wir uns ins neunte Jahrhundert post Christum in die Nähe von Paris, einem Orte benachbart der Mündung der Yonne in die Seine, einem Orte, der dazumal Condatium hieß. Hier in einer kleinen Kapelle hatte man – das sind Fromme Rothomagens, von Quirinus Getaufte – die Reliquien der dreien – Quirini, Nicasii und Scribilionis – aus Furcht vor Vergrabungen hinübergerettet zur frommen Verehrung. Dort lagen sie also verwahrt. Dann kam Anno Domini 872, ein Jahr zweier Geschehnisse.

Ad eins: Die Gebeine Quirini und Nicasii wurden erhoben; die römische Kirche hatte zwei Heilige mehr.

Ad zwei: Zu Malmundar im Ardennengebirge ward ein Kloster, dessen wachsendes Gotteshaus noch des Schutzes von Patronen bedurfte. So bemüht' sich Odulphus, Malmundars Probst, um das Gebein. Und der Bischof von Köln, das am Rheine gelegen, Hildewaldus mit

Namen, sandte Boten zum Pariser Bischof. Und siehe, nach langer Fahrt gelangten die Überreste in Malmedys Kirche.

Dies um das Jahr 872. Und es stehet geschrieben, dass die Reliquien Quirini und der rechte Arm des Nicasii – das Übrige war wohl verloren, doch die Hand des Segnens erhielt Gott den Menschen – auf dem Weg durch weite Gebiete und besonders zu Malmedy selbst viele Wunder gewirket und Kranke geheilt. Seitdem nun sind sie alldort und dienen frommer Betrachtung.

Quirinus, Rothomagens Martyrer, ist Malmundars Heiliger. Doch sind nach ihm auch Altäre, Kirchen und Stätten benannt in Chôdes – an der Stell', wo die Reliquienträger einst Rast hielten –, Hünningen, Mirfeld, Ondenval, Rott und Weims, also Orte nur rings um Malmedy. Und weiter geht nicht der Raum der Verehrung dieses Quirinus.

Es mag nun der eine oder andere gehört haben von der, zum Exempel, Quirinuskapelle im Tale der Petruss zu Luxemburg oder vom Quirinus-Dom zu Neuss am Rheine, doch dem sei gesagt, dass dies einen anderen Heiligen meinet; vielmehr vermischt der Glaube drei heilige Quirini miteinander: einen, der in der thebäischen Legion gedient, einen, der Bischof in Sissek gewesen, und einen, den man am Tegernsee verehret. Doch abgesondert von all diesen dreien ist Quirinus, der Märtyrer, Malmedys Heiliger.

(1966)

Rath

Im Oktober 1994 erteilte mir eine Genehmigungsbehörde der Stadt Köln einen Ausweis mit den Buchstaben RATH zu.

Nun kennt der Kölner den rechtsrheinischen Vorort Rath und der Belesene des Meisters Mutter, Frau Rath Goethe, aber mit unserem RATH hat es andere Bewandtnis.

Ich bin Besitzer des Parkausweises Nr. 1598, und der gibt mir als Anlieger gewisse Rechte im Bereich des RATHenau-Viertels.

Und hier kommen jetzt drei Geschichten zusammen: die Deutschlands, die der Stadt Köln und die eines Walther Rathenau.

Anfang der 20er-Jahre rief der nationalistische Pöbel: „Erschlagt den Walther Rathenau, die gottverdammte Judensau!" – Gemeint war Walther Rathenau, ein 1867 in Berlin geborener Intellektueller, Industrieller und späterer Politiker. Er verfasste Aphorismen, talmudische Geschichten und Texte zur Philosophie. 1914 hatte er die Rohstoffbeschaffung für ganz Deutschland geplant und organisiert, 1915 wurde er Präsident der AEG. Als Politiker wurde er nach dem Krieg tätig, erst als Minister für Wiederaufbau, dann als Außenminister. Er vertrat die Politik einer konsequenten Erfüllung der geschlossenen Verträge, er erarbeitete selbst den Vertrag von Rapallo, der den Ausgleich mit der jungen Sowjetunion suchte. Im Juni 1922 wurde Rathenau von rechtsradikalen Extremisten ermordet. – Soweit die Ereignisse in Berlin.

Nun ereignen sich die aber nicht immer so fern von und ohne jede Beziehung zu Köln, wie wir Kölner das gerne hätten und wie wir häufiger – im Nachhinein – die Geschichte zu betrachten belieben.

Voller Stolz hatten 1887 die Stadtverordneten der größten Stadt der preußischen Rheinprovinz, Köln, beschlossen, den großen neuen Platz in der südlichen Neustadt, die gerade erst jetzt nach dem Fall der mittelalterlichen Stadtmauer geplant und bebaut wurde, nach dem preußischen König Friedrich Wilhelm IV. zu benennen, schlicht und würdig Königsplatz.

1918 aber, nach militärischer Niederlage und in großer wirtschaftlicher Not, wirkte dieser Name obsolet. Die politischen Zeiten waren andere, und man wollte wohl auch Flagge zeigen, und 1923 wurde aus dem Königsplatz der

Rathenauplatz. Sind wir damit schon bei uns und im Jetzt? Nein.

1899 war an der Roonstraße (benannt nach dem zwanzig Jahre vorher verstorbenen preußischen Kriegsminister), die eine Längsseite unseres rechteckigen Platzes bildet, eine große Synagoge fertiggestellt worden, die der kulturellen, politischen und zahlenmäßigen Bedeutung der Juden in der bürgerlichen und prosperierenden Neustadt Rechnung tragen sollte.

Dies also ist die Situation zu Beginn des Jahres 1933: der Rathenauplatz, einer der größten Plätze Kölns, benannt nach einem „jüdischen Erfüllungspolitiker", baulich dominiert von einer großen Synagoge. – Schon im März '33 wird der Name in Horst-Wessel-Platz geändert. Die Synagoge wird 1938 in der Pogromnacht in Brand gesetzt und zerstört. Theo Burauen schrieb später über die Täter: „Das also ist das Volk, das sich dünkt und den Anspruch erhebt, ein Kulturvolk zu sein. Ich habe mich nie in meinem Leben so geschämt."

Doch wir kennen den Lauf der Geschichte. Im Frühjahr 1945 wurde das linke Rheinufer befreit, und noch vor der Kapitulation, noch im April '45, wird unser Platz mit Beschluss der von den Amerikanern eingesetzten Stadtver-

waltung wieder nach Walther Rathenau benannt.

Namen sind nicht Schall und Rauch, zu oft
schallen einem falsche ins Ohr, zu oft sind sie
mit Feuer, Rauch, Tod und Tränen verbunden.

Ach ja: Wenn man mal über die Roonstraße
(die immer noch so heißt), am Rathenauplatz
entlang (der wieder so heißt) und zur Synagoge
geht (die wiederaufgebaut wurde), so sieht man
große Sicherungsanlagen, und meistens – vor
allem aber am Sabbatvorabend und an jüdischen Feiertagen – steht ein gepanzertes Poli-
zeifahrzeug davor.

Zu Weihnachten 1959 beschmierten zwei Jugendliche die Synagoge mit Hakenkreuzen,
und auch heute sieht man immer wieder im
Umkreis Nazisymbole. Seit der Zuspitzung im
Nahen Osten 1967 findet ständige Bedrohung
statt.

Und im März 1995 beklagte eine große Kölner
Boulevardzeitung die Sperrung der der Synagoge gegenüberliegenden Straßenseite aus Sicherheitsgründen mit dem anklagenden und so
verräterischen Begriff „Parkplatzvernichtung“.

Wie schon gesagt, der Parkausweis mit den Kennbuchstaben RATH ist sehr nützlich und ist für ca. 80 DM ein Jahr gültig.

„In Deutschland wählte der Patriotismus die aggressive Form. Die Liebe zum Heimischen kleidete sich in Hass gegen Fremdes. Mangel an Selbstgefühl und Sicherheit." (Walther Rathenau: Aphorismen)

(1996)

Ruhm

Mein türkischer Flickschneider in der Lindenstraße, der in Wirklichkeit, wie er mir bei jedem zweiten, dritten Besuch anhand von
schnell greifbaren Dokumenten, die einen ge-
rahmt, andere in Klarsichthüllen einer oft be-
nutzten Mappe, beweist, fünffacher Schnei-
dermeister ist, nämlich für Herren, Damen,
Militär (Heer, Marine, Luftwaffe), sämtliche
türkischen Diplome mit großen, großen Stempeln, erzählte mir, nachdem er mich ein weite-
res Mal sein Alter raten ließ, sechsundsechzig,
das ich ja schon kannte, und diesmal mit neu-
undfünfzig vermutete und damit eine ihm
genehme Reaktion hervorrief, ihn „nein, nein!"
sagen und zu den genannten Dokumenten
greifen ließ; er also erzählte mir, dass er, wie
ich sicher wisse, auch für einen Herren- und
Damenausstatter in der Christophstraße,
„deutsches Geschäft, gutes, sehr gutes deutsches Geschäft", als Änderungsschneider ar-
beite.

Eines Tages habe der Damenausstatter zu einer Kundin gesagt, er habe für die gewünsch-
ten Änderungen der neu gekauften Garderobe
einen Schneider an der Hand und unter Vertrag. „Nein, nein!", habe diese geantwortet,

„ich habe selbst einen Änderungsschneider, einen sehr, sehr guten, in der Lindenstraße." – Und da strahlte er über das ganze Gesicht und erblühte in seinen sechsundsechzig Jahren, nein neunundfünfzig Jahren!, und rief aus: „Diese beide Schneider war ich!"

(2003)

St. Martin vor der Striptease-Bar

Ein Martinszug wie sie zu hunderten durch Zentrum, Stadtteile und Vororte gehen. St. Martin vorneweg, eine kleine Blaskapelle, Jugendliche mit Pechfackeln, die Kinder mit ihren bunten, selbstgebastelten Laternen, die begleitenden Eltern. Der Zug zieht aus der Basilika St. Gereon aus, man singt die bekannten Lieder. Das größte Interesse gilt der Kerze in der Fackel, sie soll ja nicht umkippen oder ausgehen. Den Kontakt zu den Vorderleuten soll man nicht verlieren, auf den Weg achten, das Liederheft soll gehalten und benutzt werden, man will auch die „bunte Lämpcher" der anderen genießen.

Unser Martinszug biegt nun, vom Gereonshof kommend, in den Hildeboldplatz ein. Die Festung Gerling steht wie ein schwarzes Gebirge. Mit an der Spitze des singenden, jauchzenden und quirligen Zuges gehend, sehe ich schon von weitem die grellen Transparente und die hellerleuchteten Schaukästen der „Bar Cherie". Doch kaum naht unser Zug fröhlicher Kinder mit dem Heiligen hoch zu Ross dem Etablissement, gehen dort plötzlich alle Neonlichter und Punktscheinwerfer aus, ein Mann wird in der Eingangstür sichtbar. Er zündet sich eine

Zigarette an. Nur ihr rotes Punktlicht ist von Haus, Bar und Mann zu sehen.

Die Kinder haben von diesem Abtauchen ins Dunkle nichts bemerkt. Sie haben genug zu tun: der Weg, das Liedheft, die schwankende Laterne, das flackernde Licht. St. Martin zieht weiter mit seinem Zug, und als die letzten Nachzügler schon längst vorbei sind, ist die Zigarette aufgeraucht.

Man hört noch ein leises „Butz, Butz, widder Butz" herüberwehen, da flammen Transparente und Schaukästen wieder auf.

(1994)

Trauer unterm Rolandsbogen

Das tolle Jahr 1968 versank, auch im mittleren Rheintal, langsam im herbstlichen Nebel, nach allem, was der strahlende Mai in Paris, Berlin, Rom, dann in den Universitätsstädten der USA, in der weltweiten Solidarität mit dem vietnamesischen Volk, oft verbunden mit der Marx'schen Forderung nach „vom Kopf auf die Füße stellen" der bisherigen Gesellschaft, Marx, der ja nur unweit, in Bonn, Student gewesen, nach allem also, was dieser Mai der Revolte gebracht hatte, da zog an einem Novembertag auf der Insel Nonnenwerth von der Kapelle der dortigen Internatsschule eine kleine Trauerprozession, im nachmittäglichen Frühabendnebel kaum sehbar, zum nahen Rheinarm, wo ein Boot wartete, das den Sarg und einen Teil der Trauergäste aufnehmen sollte, den Sarg mit der Leiche einer siebzehnjährigen Schülerin, einer hochintelligenten, selbstbewussten, aber sehr kranken Person, der man für die Zukunft alles zugetraut hatte, bürgerliche Karriere in der Wissenschaft, auch die Leitung eines katholischen Gymnasiums, aber auch Teilnahme an der studentischen Rebellion mit roter Fahne, sagen wir in Frankfurt, wenn sie denn nicht so schwer krank gewesen und jetzt gestorben wäre, auch an den drückenden Nebeln hier im Rheintal, die sie nicht weghusten konnte, die alles einlullten und einwattierten, Schülerin, Schule, Insel und den nur noch Wissenden erkennbaren Rolandsbogen, der über allem stand und Tor war für vieles, thronend über dem Strom, der dem Trauerzug jetzt Acheron war und Styx, mit einem Boot und Fährmann, der bereitstand, denn es gab keine Brücke, mit einem Stechpaddel ans feste linksrheinische Ufer überzusetzen, ein Fährmann, in grauem Dunkel gerade so erkennbar, gewaltig wirkend mit breitkrempigem Hut und auf dem Kasten des Achterschiffs stehend, bewehrt mit dem riesigen Ruder, den Älteren hatte er Hand und Halt gereicht für den Einstieg zur schwankenden Bootsfahrt, nach der Verabschiedung der Toten durch Schulleitung, den Klassenlehrer, der eine Woche zuvor eine Arbeit, betitelt „Vergleichen Sie die Ereignisse der Jahre 1848 und 1968", hatte schreiben lassen, die noch ungelesen und nicht korrigiert auf dem Schreibtisch lag, dazu alle Mitschülerinnen und den segnenden Inselgeistlichen, einem Pastor im Ruhestand, der katholische Religion unterrichtete und in der Kirchengeschichte immer nur bis zum Vaticanum I kam, ein Fährmann also wartete mit einem schmalen Boot wie eine Gondel, als ginge es zu Toteninsel und Friedhof San Michele in der Lagune vor Venedig, was hier am Fuße des Rolandsbogens aber nur ein kurzes Übersetzen von der Insel Nonnenwerth war, eine Trauerfähre zum an der B9 wartenden Leichenwagen eines hiesigen Bestatters. Requiescat in Pace.

(2013)

Unsere Straße

Vor fast fünfundzwanzig Jahren, als ich in unsere Straße zog, sah ich durch das Schaufenster eines Antiquitätengeschäfts im hinteren Halbdunkel ein großes Stehpult. Sowas hatte ich schon immer gesucht, und an diesem hatten in England mal zwei Schreiber nebeneinander Platz gehabt. Die Federn hatten sie an den Stempeln von alten Tintenresten freigekratzt, die Einschnitte waren noch gut zu sehen. Der Laden gehörte einem wohl fünfzigjährigen Perser, wie er sich selbst bezeichnete, ein sehr freundlicher Mann, der über dem Laden wohnte, mit dem ich handelseinig wurde. An diesem Stehpult habe ich vor fünf Jahren meinen ersten Text über diese Straße geschrieben.

Meine Straße liegt im nördlichsten Teil der Neustadt-Süd; sie wird begrenzt von zwei Plätzen, ehemaligen Freiflächen, die namenlos verschiedene Funktionen hatten. Der nördliche liegt vor dem Hotel „Crowne Plaza", vorher Bundesverwaltungsamt, davor Grundstück des alten Opernhauses. Diese Freifläche wurde tagsüber für Abfahrten und Ankünfte eines großen Reisebusunternehmers genutzt und nachts für die Notdurft von Zechern. Heute ist dies ein Platz und wurde kürzlich nach Willy Millowitsch benannt, der um die Ecke, in der Aachener Straße, sein Theater hatte. Das schreckliche Millowitsch-Denkmal, von einem Verehrer gestiftet und schon zu Lebzeiten aufgestellt, steht auf dem Eisenmarkt vor dem Hänneschen-Theater. Das wurde uns erspart. Hermann Götting, ein Original, wie man so sagt, führt hier seine Hunde aus. Die Namensänderung nach Millowitsch ging reibungslos vor sich; die Freifläche hatte vorher keinen Namen, es war keine Adressänderung nötig, und die Stadt hatte was getan.

Genauso ging sie vor mit der Benennung eines betonplattenbelegten Dreiecks zwischen Linden- und meiner Straße, auf dem sich Müllcontainer, eine Telefonzelle und die Bestuhlung eines Cafés befinden. Da hier im Karree viele Schwule leben, wurde dieser südliche Platz nach Jean Claude Letist benannt, der auf zwei Schildern als ein in Brüssel geborener, in Köln gestorbener „Vorkämpfer für die Menschenrechte von Lesben, Schwulen und Aidskranken" vorgestellt wird. Auch dieser Platz ist für niemanden Adresse.

Meine Straße liegt in zweiter Reihe parallel zum Ring, es ist eine Einbahnstraße. Abends und an den Wochenenden versuchen die

Landeier aus BM, EU, SU und GL hier billig zu parken, indem sie die Parkhäuser meiden. Dann steuern sie laut und in Trupps dem zu, was sie in ihren Käffern vermissen und was sie hier suchen.

Dabei ist unsere Straße selbst ein Dorf. Da sie überschaubar kurz ist und zum größten Teil eine stabile Population hat, kennt man sich. So und so und so.

Aber es ist ein urbanes Dorf, eingegliedert als Teil einer Großstadt.

Und dieses Dorf hat vieles, was ein Dorf irgendwo in Deutschland heute nicht mehr hat: einen Lebensmittelladen, eine Backstube, drei Friseure. Und während in den Dörfern unseres Landes die Dorfkneipe schon längst vom Serben, vom Kroaten, vom Griechen, vom Chinesen oder vom Italiener übernommen wurde, haben wir in unserer Dorfstraße noch eine richtige Kneipe und einen richtigen Italiener. Und zwei Inder, und einen Thai.

Kommen Leute aus den Landstrichen der Umgebung, Provinzler von nah und fern, fallen sie vor allem dadurch auf, dass sie laut sind, als wären sie allein auf dem Dorfplatz oder in ihrem Krähwinkel.

Vor allem samstagmorgens ist es still in unserer Straße, da der Freitag der Hauptausgehtag ist und der urbane Mensch der Ruhe bedarf. Da knallen dann die Stimmen der Neustudenten mit Paderborner Kennzeichen, die in Dachetagen einziehen, da bölken die Bauarbeiter aus dem Rhein-Sieg-Kreis, die ein Gerüst abbauen. Die Stadt schläft noch und der Provinzler tut, als müsse er früh um sechse das Vieh im Stall hochjagen und füttern.

Mindestens dreimal im Jahr sind Teile der Straße für Parker gesperrt, die aus dem Umland und die Einheimischen, weil irgendein Fernseh- oder Kinofilm gedreht wird.

Da Köln ja Medienhauptstadt sein will, unterhält man ein Büro, das Locations vorschlägt und vermittelt. Und da in Köln mehrere Sender und viele TV-Produktionsfirmen ansässig sind, ist da was los.

Aber da das Leben ein Film ist und jeder Mensch ein Künstler und Kunstwerk, kümmern diese Behinderungen den Kölner nicht sonderlich, wenn zum Beispiel die Actionserie „Der Clown, Teil 4" gedreht wird und man mittels Hinweisblatt im Briefkasten „höflich" gebeten wird, „durch Beschilderung gekennzeichnete Flächen nicht zu befahren und dort zu parken".

Und da unser Ruhebedürfnis anscheinend bekannt ist, verspricht man uns: „Wir halten unsere Mitarbeiter zu größtmöglicher Ruhe und Sorgfalt an." – Als das mit der Köln-Dreherei und auch in der Straße anfing, erkundigte man sich bei den Teams, wann das wo zu sehen wäre. Mittlerweile kennt man das zu Genüge. Auch filmisch fixiert und gebannt bleibt das kleine Leben in der Straße kleines Leben.

Da fällt dann schon eher auf, wenn Hermann Götting mit einem Podest auf einer Sackkarre durch die Straße zieht und jeden fragt, was das denn wohl sei. Und da fast alle das nicht wissen, darf er es sagen: Es ist das von ihm gerettete alte Dirigentenpodest aus dem Gürzenich, auf dem Richard Strauss, Furtwängler und Günter Wand standen und zum Ruhm der Musikstadt Köln beitrugen. Sowas wird in Köln offiziell ausrangiert und weggeworfen. Sowas wird in Köln von privaten Sammlern gerettet.

Sie, mit schnellen, kürzeren Schritten voneweg, Wiltrud Fischer, er, Heinz Herrtrampf, hinterher: die beiden Kabarettisten der Institution „Die Machtwächter", die im Karree woh-

nen, die in ihrem Domizil in der Gertruden-
straße den Leuten nicht nur die Leviten lasen,
sondern denen auch Spaß machten. Das gibt's
nicht zu oft. Man sieht sich beim Einkauf, auf
Wegen von hier nach dort. Und wer bekannt
ist, wird halt auch erkannt.

Vor dem Haus Nummer 20 ist ein Pflasterstein
mit einer quadratischen Messingplatte in den
Bürgersteig eingelassen. Darauf hat der Künstler Gunter Demnig in Schlagbuchstaben notiert: AUGUSTE GANTER-GILMANS, ge-
borene Wilmer. Jahrgang 1883. Deportiert
1943. Theresienstadt.

Diese Plaketten finden sich in der ganzen
Stadt. Man stolpert überall darüber. Auch in
unserer Straße. Vielleicht ist das mehr als tau-
send Stelen neben dem Brandenburger Tor.

Bis vor einigen Jahren war die Straße hell er-
leuchtet: In den Lampen, die von einer zur
anderen Seite gespannt sind, waren mal zwei
Leuchtröhren. Jetzt ist nur noch eine drin. Die
Stadt verkauft ihre Sparmaßnahmen unter dem
Vorwand Atmosphäre schaffen zu wollen.

Das machen die Menschen in unserer Straße
lieber selber.

Die Scheiben unter den vor Jahren eingesetzten Bäumen waren verwildert, platt gemacht von parkenden Autos. Uli hat jetzt vor dem Haus, in dem er wohnt, ein Beet um den Baumstamm angelegt, passend, kein Kleingärtnerkitsch. Man wird ihm folgen.

In unserer Straße ist kein Gotteshaus. Aber in vier Minuten ist man an der Synagoge am Rathenauplatz, in dreien in der Kirche der Alt-Katholiken und in einer bei den Dominikanern vom Konvent „ Heilig Kreuz". Und den evangelischen Pfarrer des Jeremia-Hauses kennt eh jeder, weil der zu den Menschen geht.

Und manch einer wundert sich, wen man so alles aus dem Karree in den Gotteshäusern sehen kann. Vielleicht meinen wir noch zu oft, so tun zu müssen, als hätten wir damit nichts am Hut.

Rolf Greiser hat vor vielen Jahren einen neuen Stil in die Straße gebracht. Sein Laden für Dekorationen, Festartikel und Geschenke ist Legende. Das riesengroße Schaufenster wurde ausstaffiert, als sei es die Bühne des untergegangenen Opernhauses. Etwas Weltläufiges, einer Metropole Würdiges, konnte in unserer Nebenstraße besichtigt werden. Vor einiger Zeit hat Greiser den Laden in andere Hände übergeben. Was mal ein großer Wurf war, heißt heute „Jot Jelunge". Der Dekorateur unserer Straße ist dann nach vis-à-vis gegangen und hat die Straßenkneipe übernommen und die in seinem Stil gestaltet. Jetzt kommen die Fans hierhin und bewundern die ständige und schleichende Umdekorierung im Lokal: Was gestern noch pur weihnachtlich war, ist heute durch Austausch und Umstellung weniger Elemente und Accessoires schon für Silvester bereit und morgen für den nahen Karneval.

Die „Gaststätte zum alten Opernhaus" ist weiterhin Wirtschaft, Kneipe, auch kölsche Kneipe geblieben. Als die „Machtwächter" ihr Theater schlossen, schenkten sie Rolf Greiser eine große Fotografie der Schauspielerin Grethe Weiser. Die guckt jetzt neben der Tür zum Damenklo.

Eine andere Wohnbevölkerung ist in den letzten Jahren eingezogen: jünger, wohlhabender, von außerhalb. Nicht unangenehm. Einige Dachgeschosse sind ausgebaut worden, zu Lofts gestaltet, privat oder auch gewerblich genutzt. Vom Behandlungsstuhl bei meinem Zahnarzt im fünften Stock kann man auf die sonnenbadenden Männer der Schwulensauna Faun schauen, wenn man denn will.

Die Regenbogenfahne der Schwulen und Lesben ist hier im ganzen Viertel zu sehen.

Wenn man Kölnern aus anderen Stadtteilen erzählt, wo man wohnt, kommt schon bald die Frage, wie die denn so seien. Da ist dann nicht viel zu antworten, weil Kölner, Männer, Frauen, Alte, Junge, VW- und Radfahrer nun mal so sind, wie sie sind.

Neben den Dachausbauten fallen die Wohnungsrenovierungen in den Gründerzeithäusern auf. In vielen Wohnungen sind die abgehängten Decken der 70er-Jahre wieder entfernt worden, und man hat den Stuck darunter wieder sichtbar gemacht, wiederhergestellt, gerettet. Was noch stört, sind die Fenster in einigen Fassaden, die wie viereckige Löcher wirken. Als Doppelglas und Wärmedämmung angesagt waren und bezuschusst wurden, hat man die Fensterkreuze, die eine Struktur gaben und den Krieg überstanden hatten, rausgebrochen, rausgerissen.

Die Straße ist nicht laut. Aber nach vorne hin hört man den Verkehrslärm, vor allem die aufgedrehten Bässe in den Autos, die auf der Richard-Wagner-Straße an der Ampel warten. Nach hinten raus sind die Wohnungen bis jetzt ruhig, die meisten haben hier ihre Schlafzimmer. Aber durch andere Lebensformen und andere Organisation und Einrichtung von Wohnungen könnte das kippen. Man wird miteinander reden müssen.

Die Hinterhöfe sind entkernt. Die im Krieg zerstörten Hinterhäuser durften zum größten Teil nicht wieder aufgebaut werden, um eine Verslumung zu vermeiden. So wurde Raum und Luft geschaffen.

An die Hinterhöfe der geraden Hausnummern grenzt der Pausenhof einer Berufsschule auf der Lindenstraße. Dreimal am Tag sieht man junge Erwachsene in Gruppen zusammenstehen, rauchen; man hört einen angenehmen Geräuschsteppich aus Gesprächen und Lachen. Und dann klingelt es, und weg sind sie.

In der Straße verkehrte mal einer, auch anderswo, aber auch hier, den nannten die einen Schäng, andere Schängelörchen, wieder andere Schängemann. Das war ein großer Mann, über sechzig, mit einem dicken Schädel und einer Glatze. Er ging in alle Kneipen des Viertels. Er stellte sich meist etwas abseits, war aber gesprächsbereit und zu Beginn seines Aufenthalts unterhaltsam, man verstand sich und auch ihn. Mit zunehmendem Kölschkonsum, und dann konnte es ganz schnell gehen, wurde das interessante Gespräch immer einsilbiger und unverständlicher, er brabbelte und lachte unmotiviert, grimassierte und wurde zum einsamen Gast. Da er nie ausfällig wurde und sich in der Lautstärke von den Wirten bremsen ließ, war er überall gelitten.

Ich habe ihn einmal bei der Pfarrprozession von St. Aposteln am Neumarkt erlebt, wir beteten und sangen miteinander, und in den Pausen zwischendurch erzählte er mir von seiner Heimatstadt Oldenburg und der dortigen Volksfrömmigkeit und seiner Kindheit. Dann schritt er weiter mit seinem großen, massigen Körper. Und ich merkte mal wieder, wie wenig wir von uns wissen. Er ist seit einigen Jahren tot.

Einen kannte ich, der musste in unregelmäßigen Abständen zum Entzug in die Klinik nach Merheim. Einmal war es ihm zu umständlich, mit der Bahn hinzufahren, und zu teuer mit der Taxe. Da ließ er sich in einer Kneipe in der Lindenstraße umfallen und sagte zum Wirt:

„Rof d'r Notarzt!"

Eine Frau, seit vielen Jahrzehnten in der Straße, geht unter meinem Fenster vorbei und ruft:

„I always have my Schoss erus; un morje: rien ne va plus."

Peter war viele Jahre der Penner in unserer Straße. Im Sommer übernachtete er vor dem „Stüssgen", und man stellte ihm Essen und Trinken hin. Er ging tapsend durch die Straße, schrie in Abständen was in Wut, Verzweiflung, Elend, Aggression hinaus. Man verstand die Worte nicht – und verstand es doch. Und da viele auch schreien möchten, überließen sie es ihm. Manchmal ging er zu den Dominikanern in die Messe, saß in der letzten Reihe und brabbelte so vor sich hin. Einmal war er sehr unruhig, stand ständig auf und ging durch die Gänge. Der Prior selbst las gerade die Messe, unterbrach kurz, ging auf Peter zu, legte den Arm um ihn, redete leise mit ihm, beruhigte ihn so und führte ihn in eine Bank.

Ein anderes Mal schrie er wieder auf, vor dem „Stüssgen". Da kam eine junge Frau vorbei, redete mit ihm und streichelte ihm die Wange. Da weinte er. Peter ist vor kurzem gestorben.

Im Sommer stellen manche Ladenbesitzer Stühle vor Tür und Schaufenster. Die vom Tattoo-Shop tun das, die iranische Schneiderin, die ein Brecht-Bild im Laden hat, die Jungs von der Muckibude. Und wenn die Sonne auf die andere Straßenseite wandert, wandern die Stühle mit.

Auch wir haben unsere Wohnung renoviert. Der Stuck ist wieder sichtbar, die Schäden der Bomberangriffe haben wir gelassen.

Das Stehpult ist erstmal in den Keller gewandert. Vielleicht kann ich es über eBay verkaufen. Ich will nicht mehr stehen und habe einen großen Schreibtisch geerbt.

Im Juli 2003 ist Amir Massud Panahmand, genannt „Sarhang", aus unserer Straße gestorben. Das war ein guter Bekannter geworden. Er hatte mir vor fast fünfundzwanzig Jahren das Stehpult verkauft.

In unserem Viertel hat die Stadt Ginkgos gepflanzt. Das sind die ältesten Bäume der Welt, aus Asien, mit Fächerblättern, nicht mehr Nadeln, noch nicht Blätter. Bäume von ganz weit her.

Und manchmal sind die Autos in unserer Straße von feinem Staub bedeckt. Das ist Sand aus der Sahara.

(2003)

Ursula Kuhr als Schulname

Unsere Schule ist nach Ursula Kuhr benannt.

Sie war eine Lehrerin an der Katholischen Volksschule in Köln-Volkhoven, unserer Vorgängerschule. Am 11. Juni 1964 hat ein psychisch kranker Mann an einem heißen Sommermorgen die Schule überfallen. Er war selber Schüler der Schule gewesen, wohnte in der Nachbarschaft und fühlte sich von der Stadt Köln schlecht behandelt.

Er hatte eine Unkrautspritze zu einem Flammenwerfer umgebaut und vorne eine Feile wie ein Bajonettmesser montiert. Er richtete den Feuerstrahl auf eine Gruppe von Schülern, die bei dem schönen Wetter draußen turnten. Dann ging er zu zwei Baracken weiter. Die standen da, weil die Schule zu klein geworden war. Sie sollte dahin umziehen, wo jetzt unsere Schule steht. Als sie den Täter kommen sah, hielt die vierundzwanzigjährige Lehrerin Ursula Kuhr die doppelflügelige Tür zu, um ihre Schüler zu schützen. Der Attentäter stach mit dem Bajonett in den Zwischenschlitz der Tür und tötete sie damit.

Sieben Schülerinnen, ein Schüler und eine weitere Lehrerin waren seine Opfer, die an diesem

Tag und in den folgenden Tagen starben. Weitere dreißig zum Teil schwer Verletzte leiden bis heute an den Brandfolgen. Mit den Namen Ursula Kuhr, Gertrud Bollenrath und denen der acht Kinder erinnern wir an den ersten Amoklauf an einer Schule in der Bundesrepublik Deutschland. Wir gedenken der Opfer, die damals an einem sonnigen Sommertag voller Hoffnung auf die Zukunft waren.

Der Mut und die Entschlossenheit von Ursula Kuhr sind für uns, vor allem für Lehrerinnen und Lehrer, vorbildlich.

Es gibt verschiedene Erinnerungsorte.

In der Eingangshalle zu Trakt A unserer Schule befindet sich eine Text- und Fototafel mit den Bildern und Namen aller Opfer.

In der Aula hängt an der Stirnwand ein großes Gemälde, das die ehemalige Konrektorin Frau Claus gemalt hat. Es zeigt Ursula Kuhr wie eine Schutzmantelmadonna, die die Kinder vor den Flammen schützt. An der ehemaligen Schule in Volkhoven ist eine Gedenkplakette befestigt, deren Text aus dem Kollegium unserer Schule stammt.

In der nahen Kirche von St. Cosmas und Damian in Weiler befindet sich links hinter dem Eingang ein buntes Glasfenster mit den Namen der Opfer. Auf dem Friedhof neben der Kirche ist eine Stele errichtet, zu deren Füßen sich die Schülergräber befinden. Ursula Kuhr stammte aus Klettenberg und ist im elterlichen Grab auf dem Südfriedhof bestattet.

Armin Foxius, von 1979 bis 2014 Lehrer an der UKS

(2017)

Ursula Kuhr: Warum so und nicht anders?

(zum Text der Gedenktafel in Volkhoven)

Bei einem ersten Treffen des Vorbereitungskreises „Flammenwerfer-Attentat" im Frühjahr 2004 übernimmt die Ursula-Kuhr-Schule den Auftrag, einen Entwurf zur Gestaltung der Gedenktafel zu erarbeiten.

In der Folge entsteht folgender Text:

Hier wurde am 11. Juni 1964 auf die Schule in Köln-Volkhoven ein Flammenwerfer-Attentat verübt.

Viele wurden verletzt.

Acht Kinder und zwei Lehrerinnen starben.

Wir werden sie nicht vergessen.

Der Stadtkonservator erklärt sich am 25.04.2004 durch Herrn Dr. Beines einverstanden.

Am 27.04.2004 wird der Text durch die Mitglieder des Vorbereitungskreises beschlossen.

Der Text der Gedenktafel wurde möglichst knapp gehalten.

Der Text wurde so formuliert, dass er alter *und* neuer Rechtschreibung entspricht.

Zum Text selbst:

HIER

Das alternative „An dieser Stelle" nimmt nur mehr Platz ein, klingt allgemein. HIER ist kurz, spricht direkt an, macht betroffen. Die erste Zeile des Textes beginnt mit der Ortsangabe (Ort vor Zeit); es folgt die Zeitangabe.

WURDE

AM 11. JUNI 1964

Der (kurze) Monatsname wurde ausgeschrieben. Das klingt eleganter und wirkt nicht so „bürokratisch" wie „6." oder gar „06."

AUF DIE SCHULE

Der Terminus „Volksschule" wurde weggelassen, da es diese Schulform seit 1968 nicht mehr gibt und sich die Gedenktafel an den heutigen Leser wendet. Die Silbe „Volk(s)" folgt in VOLKHOVEN; eine so nahe Verdoppelung wirkt unschön und holprig. Das Wort SCHULE verstärkt den Eindruck des Bösen, das ein solches Ziel sucht. Die Schul-*form* zu nennen, würde den Eindruck abschwächen.

IN KÖLN-VOLKHOVEN

Dem Ortsteil VOLKHOVEN wurde der Zentralname KÖLN vorangestellt. Das Attentat ereignete sich nicht nur in einer kleinen Gemeinde, sondern in der Großstadt KÖLN mit annähernd einer Million Einwohnern. Ein großes Gemeinwesen wurde getroffen. Das schwang auch mit in den Worten von Oberbürgermeister Burauen (1964) und im Titel des Buchs von Barbara Peter (2004): „Das Herz der Stadt stand still."

EIN FLAMMENWERFER-ATTENTAT

Dieser Terminus wurde von den ersten Polizeimeldungen an bis zu den Gedenkartikeln von heute benutzt. Er ist Symbol für Anschlag und Inferno geworden. Durch den Bindestrich wurde die Lesbarkeit verbessert.

VERÜBT.

VIELE WURDEN VERLETZT.

Es geht nicht darum, die genaue Zahl zu nennen; diese kennt man nicht, da es körperlich und seelisch Verletzte gab und gibt. Die Arten der Verletzungen werden nicht erwähnt. Das unbestimmte Zahlwort VIELE betont die Unermesslichkeit der Verletzungen. Die Verletzten werden an erster Stelle der Opfer genannt, weil sie die größte Zahl bilden und, weil sie heute noch leben und unseres Trostes bedürfen.

ACHT KINDER

Auf die heute übliche Formulierung „Schülerinnen und Schüler" wurde verzichtet. Das Nomen KINDER wurde gewählt, um – wie bei SCHULE – einen alten Grundbegriff der Gesellschaft, der bei jedem Schutzbedürftigkeit assoziiert, zu benutzen.

UND ZWEI LEHRERINNEN

STARBEN.

Auf Überhöhungen wie „wurden ermordet" oder „fielen zum Opfer" wurde verzichtet.

WIR WERDEN SIE NICHT VERGESSEN.

Es wurde eine ganz schlichte Form des Memento genommen. Der Leser wird durch das WIR einbezogen. Gemeinsam erklären Überlebende, Zeitgenossen und Nachgeborene, sich der Tat und aller Opfer aktiv zu erinnern.

(2004)

Wie der Kölner Kurt W. mal Bill Ramsey rettete

1982 saß Rudolf Hess noch in der Spandauer Zitadelle in Haft, und dieser Berliner Vorort im Nordwesten, hart an der umfassenden und erstickenden Mauer, wollte mal anders ins Bewusstsein der Menschen rücken. Da kam in diesem Jahr das 700-jährige Stadtjubiläum ganz recht.

Der große Platz vor dem Rathaus war brechendvoll, man hatte gar den damals noch so gerade bekannten Sänger Bill Ramsey aufgeboten, und er sang von der „Zuckerpuppe aus der Bauchtanztruppe", auch „Ohne Krimi geht die Mimi nie ins Bett", und „Souvenirs, Souvenirs" und „Pigalle". Beim ersten Lied reagierte das Berliner, Spandauer Publikum überhaupt nicht, schwieg und hörte zu. Dabei konnte der Mann singen, swingen, das hatte schon was. Aber keine Reaktion. Der Kölner Schüler Kurt W., aus Köln, natürlich aus Köln, befand sich mit seinen Klassenkameraden aus der Zehn auf Abschlussfahrt und war irgendwie auf diesem Fest gelandet.

Aber so lahm hatten sich unsere Kölner ein Fest nicht vorgestellt. Kurt W., ein rothaariger

Schlacks, lustig, initiativ, kletterte auf eine große Mülltonne, die an einer Laterne stand, winkte mit beiden Armen und sang laut und kräftig mit, dazu der Kreis seiner Mit-Abschlussklässler, und auf einmal war der Bann gebrochen, die Leute kannten doch diese Schlager und Ohrwürmer, ja, man konnte mitsingen! Und Bill Ramsey blickte aus seiner stillen Verzweiflung auf, lachte und winkte in die Richtung von Kurt W., dem kölschen Fuss.

Berlin hat aus dem Spandau-Debakel von 1982 gelernt. Durch den Fall der Mauer und die Wiedervereinigung weltläufiger geworden, hat man Konsequenzen gezogen.

Seit Beginn des neuen Jahrtausends, zwei Jahrzehnte nach dem bahnbrechenden Einsatz von Kurt W. aus Köln-Heimersdorf, fahren Jahr für Jahr die Spitzen der kölschen Musikgruppen nach Berlin und zeigen und singen dort authentisch vor, wo et Hätz vun d'r Welt schleit.

(2003)

Wie zwei junge Männer aus dem Bergischen Land Deutschlands Beitrag zur Weltrevolution retteten

Bei einem der Kneipenbesuche als junger Lehrer in Burscheid im Bergischen Land erzählte mir an einem trüben Nachmittag nach getaner Lehrtätigkeit und vor der abendlichen Nach- und Vorbereitung von Unterrichtlichem im sonst leeren Lokal der Wirt von zwei einheimischen Revoluzzern, beide wohl eine halbe Generation älter als ich.

Diese seien, obwohl im Berlin des Kalten Krieges studierend, ihrer Heimat aus bergischem Dialekt, ausschließlich bergischer Verwandtschaft und bergischen Waffeln verbunden gewesen und hatten natürlich vor, die Segnungen der zu erwartenden Weltrevolution auch dieser Heimat zukommen zu lassen.

Der eine aus Waldbröl, der andere aus Burscheid, beides Orte der frühen Industrialisierung und immer noch Orte der kapitalistischen Ausbeutung der Arbeiterklasse und der Entfremdung des Menschen an und für sich.

Nach dem Zweiten Weltkrieg ging von der vaterländisch siegreichen Sowjetunion die Initiative aus, in bestimmten Abständen in verschiedenen Ländern „Weltfestspiele der Jugend und Studenten" zu veranstalten, die linke, sozialistische, kommunistische Jugend dort zu versammeln und zu Großem zu animieren.

Unsere zwei Bergischen, so der Wirt, der trotz des Umstands, dass wir ja nur zu zweit waren, näher rückte und fast konspirativ leise sprach, diese Zwei also, waren auf welchen Wegen auch immer zu den wenigen westdeutschen Delegierten ausgewählt und im Jahre 1957 nach Moskau, dem mittlerweile natürlichen Herzen der Weltrevolution geschickt worden.

Am ersten Abend, bevor es am anderen Tag mit Vorträgen und den Vorführungen der Errungenschaften des Sozialismus und ihrer schon jetzt immensen Überlegenheit losgehen sollte, gab es gemütliches Beisammensein, wobei man, nach Nationen geordnet, an runden Tischen saß und Reden zuhörte, die die Errungenschaften des sowjetischen Sozialismus und ihrer uneinholbaren Überlegenheit gegenüber dem Imperialismus in bewegenden, übersetzten und ständig von rhythmischem Klatschen unterbrochenen Worten als gesetzmäßig nach den Lehren der Deutschen Marx (Trier) und Engels (Bergisches Land) und des Russen

Lenin darstellten. Der jüngst verstorbene Georgier Stalin blieb unerwähnt.

Dann begann der unterhaltsame Teil. Tisch für Tisch und damit Nation für Nation wurde aufgerufen, einige ihrer Volkslieder vorzutragen. Dies geschah dann auch mit großer Leidenschaft und Emphase. Die Spanier sangen von der Jarama-Front, die Italiener Bella Ciao, und sie konnten sich nicht halten und sprangen auf. Dann die Franzosen, die wieder einmal die Aristokraten an die Laterne hängen wollten. Ja, und dann waren die Deutschen dran. Die wohl zwölf Delegierten aus der BRD, wie sie angekündigt wurden, schauten sich an ihrem runden Tisch an, wurden rot, im Gesicht, sagten nichts, und sangen erst recht nichts. Tja, war denn nicht alles, was Volkslied hieß, eben völkisch und damit Nazi? Sowas sang man nicht, und wurde dies dann doch in Vereinen und von braunen Lehrern in Schulen getan, war dies reaktionär und als nicht mehr vorhanden und singbar zu behandeln. Der ganze Saal schaute also, so der Wirt, auf diese westdeutsche Jugend und Studenten, deren Väter doch noch vor anderthalb Jahrzehnten so sangesfroh durch Europa gezogen waren.

Aber da, der Wirt jetzt mit lauterer Stimme, erinnerten sich unsere beiden bergischen Jungs ihrer großartigen Heimat und ihrer kulturellen Leistungen, und nach kurzer Verständigung standen sie auf und sangen mit fester Stimme das Lied ihres Landsmanns Anton Wilhelm von Zuccalmaglio aus Waldbröl: „Kein schöner Land in dieser Zeit, als hier das unsre weit und breit". Nach den schmetternden Kampfeshymnen von Spaniern, Italienern und Franzosen dieser kleine Text, diese schlichte Musik aus diesem sanften Hügelland, dem Bergischen eben.

(2017)

„Wir warten aufs Christkind"

Am Tag des Heiligen Abends – kann man auch Heiliger Tag sagen? –, am Tag vor dem ersten Weihnachtstag, dem Tag, an dem abends beschert wird, den man ganztägig als „Heiliger Abend" in den Kalendern bezeichnet findet, an diesem Tag also hat es meine Frau gern, wenn ich und unsere drei Kinder „us de Fööss", außer Haus sind bei ihren diversen Verrichtungen. Was aber tun? Ein Frühschoppen verbietet sich, man will den Tag ja heil überstehen und den Heiligen Abend in Form und Fassung und würdig dazu erreichen.

Vor Jahren beschlossen die Kinder und ich, genauer: ich schlug vor, und die damals noch kleinen Kinder riefen „Jajaja!", weil auch McDonald's erwähnt wurde, und von da an hatten wir unseren Weg und unsere Ziele, von denen wir nicht mehr abwichen und abweichen.

Mit der Bahn fahren wir bis Rudolfplatz. Wir gehen den Ring runter bis zur Ehrenstraße, sehen uns hier in den Schaufenstern und an den vorbeilaufenden jungen Leuten an, was der gepflegte Punk am Heiligen Abend so trägt; und nichts erinnert in dieser Straße an

Weihnachten, außer der Weihnachtsdekoration in einem Pornoladen. Alle Geschenke sind in den Wochen und Tagen zuvor gekauft worden, zum größten Teil auch schon verpackt. Wir haben also Muße und Zeit. Es ist ja so angenehm, sich über die Hetze und Eile der anderen zu mokieren, wenn man selbst nicht. betroffen ist.

Doch ein Geschenk haben wir an jedem späten Vormittag des Heiligen Abends noch zu besorgen. Das sparen wir uns auf, verwahren wir uns quasi für diesen Tag. So sind wir denn nicht nur Voyeure, sondern auch Teil der Menschen, die noch hierhin und dahin müssen, weil sie dieses und jenes noch zu besorgen haben.

Nur machen wir das mit Vorbedacht, geplant und richtig lustvoll. Den Kindern gefällt dieser Gang auch, führt er doch – wie gesagt – meistens gegen Ende, um die Spannung zu halten, die Vorfreude zu steigern, an McDonald's vorbei.

Nun, am 24. Dezember kaufen wir immer noch ein Flakon mit teurer Eau de Toilette, das, das meine Frau bevorzugt und von uns mittlerweile erwartet.

Dies tut der Freude keinen Abbruch, es müssen ja nicht immer gewaltige Überraschungen sein und die sie begleitenden Jubelrufe, um Freude über ein Geschenk auszudrücken. Diese fünfundsiebzig Milliliter erwerben wir immer in einem der großen Kaufhäuser, in deren Parfümerieabteilungen diese wunderschönen und so gepflegten Verkäuferinnen stehen und einen anlächeln.

Ja, ich muss gestehen, dies ist ein Teil meiner jährlichen Weihnachtsfreude. Während meine Kinder staunend zusehen, wie die Verkäuferin plaudert und gleichzeitig schnell und geschickt einpackt, verpackt, verziert, Schleifchen bindet und befestigt, hier noch etwas zupft und zurechtrückt, dort noch ein Glöckchen zufügt, genieße ich noch mehr die Hände und Finger, die das tun. Produkte eigener oder fremder Maniküre, in eleganter Bewegung, in fließender Korrespondenz mit dem ganzen Körper; ein gebändigter, streng ritualisierter Tanz. Und dies dezente Lächeln! Nein, nein, überhaupt nicht deplatziert, übertrieben, dreist gar oder verführerisch, mir freundlich, gewinnend, fraulich. Man plaudert dabei, worüber eigentlich? Ach ja, natürlich freuen sich die Kinder auf Weihnachten. Und die Geschenke, natürlich; das rückt ja leider immer mehr in den Mittelpunkt. Schnee soll es auch diesmal nicht geben.

Und ich habe Zeit, und die Kinder quengeln nicht, haben einen Lutscher bekommen und schauen anderen Kindern zu, die die Rolltreppe verkehrtherum rauflaufen.

Ja, ich habe Zeit, wir haben Zeit, wir plaudern, das Geschenk ist längst bescherfähig verpackt und geschmückt, ich habe schon bezahlt, es gibt noch ein paar Pröbchen von anderen Firmen dazu, und ich plaudere weiter und schaue auf Mund und Hände, und Lippenstift und Nagellack passen fantastisch zusammen, wie der taubenblaugraue Lidschatten zum Jackenkleid.

„So", sagt sie, und klappert plötzlich mit zwei Vorführflaschen, „in zehn Minuten ist Feierabend. Ich möchte auch noch die Wohnung saugen, was kochen und das Kind in die Badewanne stecken. Wir haben nämlich auch Weihnachten!" Energisch stellt sie die Flaschen ins Regal und schlägt ihre Kasse ab.

Ich grüße dann noch und sammele die Kinder ein. Ja, zu McDonald's gehen wir auch noch.

(1994)

Quasi ein Nachwort

Heinz Küpper: Buchbesprechung

Cordelia Edvardson, außereheliche Tochter der Dichterin Elisabeth Langgässer und eines jüdischen Vaters, hat ein Buch über ihren Leidensweg im Deutschland der Nazizeit geschrieben, das auch – und nicht nur nebenbei – von hoher Sprachempfindlichkeit zeugt.

Das Mädchen – so spricht die Autorin von sich selbst in der 3. Person –, das halbe Kind, wird nicht gleich ins KZ verbracht, sondern zur Zwangsarbeit ins jüdische Krankenhaus zu Berlin. Dort in der Vorhölle freundet es sich intim mit zwei jungen Halbjuden aus Köln an.

Zitat: „Der ausgeprägte Kölner Dialekt entzückte das Mädchen mit seiner Mischung von Brutalität und spielerischer Zärtlichkeit."

Dieses Zitat fiel mir vor zwei Wochen wieder ein, als ich das neue Buch von Armin Foxius gelesen habe.

Diese knappe und vorzügliche Definition der kölnischen Sprache kann mühelos auf die vielfältigen und unterschiedlichen Inhalte des Buchs erweitert werden. Es ist kein Witzblatt und kein Gebetbuch, hat aber beides und vieles andere im Haus. Das übrigens könnte den

Leser beim ersten Durchblättern ein wenig irritieren, weil das Buch nicht aus einem Stück besteht, sondern aus gleich vier großen Teilen, von denen drei wiederum viele kleine untereinander verwandte versammeln.

Wie gesagt, das Buch ist ein Haus, keine Villa mit Park für eine Familie, nein, ein Miethaus im Veedel mit vier Wohnungen, in denen vier Parteien wohnen. Bei jeder Partei wird jetzt einmal kurz geklingelt.

Der erste Teil versammelt achtzehn knappe Texte, teils Short Storys, teils Glossen, in den Themen weit gestreut, pendelnd zwischen „Brutalität und spielerischer Zärtlichkeit". Einmal wird eine Situation von wenigen Minuten auf einer Seite erzählt, dann ein ganzes Menschenleben, ein Stoff für Romane.

Die Skala reicht von der sanften Kritik kölscher Selbstverherrlichung bis zur exakten Skizzierung leidender Menschen, seien es Scheidungswaisen oder alte Leute mit misslungenen Lebensläufen. Kölsch ist das alles, großstädtisch auch, und ebenso Fortsetzung der Story von Adam und Eva. Zum Stil sei nur gesagt, dass der Autor die Kombination von Aus*sprechen* und Aus*sparen* virtuos beherrscht.

Der zweite Teil trägt eine Überschrift: „Anekdoten aus dem Köln unserer Tage". Eine Anekdote ist eine kurze Erzählung auf eine scharfe Pointe zu. Etwas leichtfertig könnte man sagen: ein gehobenes Krätzchen. Aber das stimmt nicht, auch kölsche Anekdoten streben, wenn es sein muss, bitterernste Pointen an.

Der Autor hat sie alle gesammelt – erfinden kann man so etwas nicht: neunundfünfzig Schlusspointen, fünfunddreißig auf Kölsch, neunzehn auf Hochdeutsch, fünf dazwischen. Alle sind sie mehr als Krätzchen, es sind historische Dokumente dessen, was der kölsche Volksmund, also das kölsche Volk von heute, noch täglich zustande bringt an spontanem Witz, an Schlagfertigkeit, spielerischer Brutalität, Anarchie und drastischer Freundlichkeit.

Nur ein Beispiel: Den jungen Mann, dem eine Taube im Vorbeifliegen in den Hemdkragen gekackt hat, tröstet ein Passant: „Jung, sei froh, dat dat kein Koh wor."

Das Beispiel enthält nebenbei auch einen Hauch von der unausrottbaren Hinneigung des rheinischen Witzes zur Fäkalsphäre, die Foxius, wie einige Nachbarreviere auch, auslässt, leider oder Gott sei Dank, das stehe dahin.

Aber auch ohne das ist das Buch ein realistisches bürgerliches Zeugnis dafür, wie sich eine großstädtische Bevölkerung an ihrem Ort Heimat täglich herstellt und Heimat behält.

Dies gilt ebenso und erst recht für den **dritten Teil** des Buches, der den lapidaren Titel trägt: „Unsere Straße".

Hier liegt vor ein rein hochdeutscher Essay zu einem kleinen Segment der Stadt am Rand der Stadtmitte, zu dessen Bausubstanz, Bevölkerung und Integration, Straßen- und Gemütszustand, Taten und Untaten der Stadtverwaltung, Bürgersinn und Bürgerstolz und vieles anderes mehr. Von einer soziologisch-sozialpsychologischen Auftragsstudie unterscheidet sich diese so lockere wie exakte Bestandsaufnahme durch das jargonfreie Deutsch. Mit Jargon ist beileibe nicht das Kölsche gemeint, sondern das Kauderwelsch der Fachidioten.

Glücklich die Stadt, die einen Chronisten wie Armin Foxius hat.

Meine Damen und Herren, die Ausführung nähert sich jetzt langsam dem Schluss, und ich muss der mir vor langer Zeit von Armin Foxius überlieferten Verfügung folgen, dass sich in

Köln jegliche Art Ansprache gegen Ende einer Art Büttenrede anzunähern habe.

Bleibt der **vierte und letzte Teil**. Vor dem wird hiermit gewarnt. Vorsicht! Gedichte! Und auch noch in reinstem Oxfordkölsch. (Dieses Wort stammt übrigens, soviel ich weiß, von Hans Conrad Zander.)

Die Gedichte sind alle kurz, sie handeln meist von der Natur in der Großstadt. Damit kommt man ja schnell zum Ende, sogar beim Hochwasser. Gartenfreuden werden besungen, scheinen also etlichen Kölnern zu liegen.

Leidenschaftlicher aber und folgenreicher wirken in Köln die Jäger und Sammler. Theo Burauen sammelte Elefanten, nachgemachte natürlich. Die Namen der großen Kunstsammler zieren nicht nur die kölschen Museen, stehen auch bei Foxius im Buch. Ein Kölscher, den er nicht mit Namen nennt, sammelt „Andenken-Dömchen", holt sie heim, wie Foxius das nennt, von Trödelmärkten und Antik-Shops, stellt sie alle „geostet", wie es sich für ein Gotteshaus gehört, ins Regal.

Der Kölner Stadtstreuner Foxius, der ganz schön abgründig werden kann, sammelt Volksmund, Aussprüche, Ausrufe, kostbar wie

Halbedelsteine, die er in ein scheinbar schlichtes Sprachgeschmeide fasst, und fertig ist die Anekdote.

Mir braucht keiner zu erzählen, was das für Arbeit ist. Aber sie lohnt sich. Sätzen aus Volkes Mund, die sonst im Nu der Wind verweht, verleiht er ein Fortleben für unabsehbare Zeit, während er selbst schon seinen Bestatter kennt, und das wegen des Balkons am Dom. Näheres dazu kann nachlesen, wer das Buch erwirbt.

Erlauben Sie mir zum Schluss ein Zitat, das nicht in diesem Buch steht, aber wie dafür gemacht scheint:

„Ich erinnere mich, während meiner allerersten Besuche in Deutschland nach dem Krieg, eine kleine katholische Kirche gesehen zu haben, ,Die Madonna in den Trümmern' von Köln. Die ursprüngliche Kirche war ausgebombt, so sagte man mir, eine Madonna war unversehrt geblieben, und so hatte man Glasfenster um sie herum gebaut – ohne die Trümmer mit berühmtem Ordnungssinn und emsiger Tüchtigkeit sofort wegzuräumen. „Die Madonna in den Trümmern" – für Sie, meine Damen und Herren, und für mich als dringend notwendige Fürbitterin und als ein Stück Hoffnung. Ja, ganz anders als die groteske Ruine am Berliner Kurfürstendamm, Puderdose und Lippenstift, wie der Volksmund so treffend sagt. – das gefiel mir."

Das könnte von Armin Foxius sein.

Geschrieben steht es wiederum bei Elisabeth Langgässers ältester Tochter, bei Cordelia Edvardson.

Sie scheint die Stadt zu mögen.

Heinz Küpper, Nov. 2003

Inhalt

Zum Autor

Armin Foxius wurde 1949 als Sohn des Journalisten Armand Foxius aus Malmedy (heute Ostbelgien) in Köln geboren. 1968 absolvierte er in Bad Münstereifel das Abitur am St.-Michael-Gymnasium und nahm in Köln das Studium der Slavistik und Philosophie und später ein Lehramtsstudium auf. Von 1979 bis 2014 war er Lehrer an der Ursula-Kuhr-Schule im Kölner Norden.

Foxius ist seit 1962 schriftstellerisch tätig. Er schrieb zwei kölsche Musicals für Kinder, Texte zur Lokal- und Regionalgeschichte, Gedichte, sechs sogenannte *kölnische Lesebücher*, 48 Gedichte zur Rheinlyrik in *Vater Rhein. Ach, Alter* auf Hochdeutsch und im kölschen Dialekt und unter dem Titel *Ich heiße Kevin. Na und!* 28 kurze Erzählungen in rheinischer Jugendsprache. 2011 und 2013 gab Foxius in zwei Bänden eine Auswahl der journalistischen Arbeiten seines Vaters Armand Foxius heraus. Seit 2015 schreibt Armin Foxius monatlich für die Rubrik *Kölsch Verzällche* in der Kölnischen Rundschau. Im Frühjahr 2018 erschien *Auch ich in Münstereifel: Erinnerungen an die Stadt und an Heinz Küpper.*

Schriften

A *Romanisches Jahr.* Köln 1985.

A *Kressdaach es wie Weihnachten. Ein kölnisches Lesebuch.* Wendland Verlag, Köln 1994, ISBN 3-930906-01-5.

A *Alles Köln. Ein kölnisches Lesebuch.* 2. Aufl. Verlag Franke, Köln 2003, ISBN 3-9806470-1-3.

A *Groß-Köln, Klein-Köln. Ein kölnisches Lesebuch.* Köln 1998, ISBN 3-98059990-2-7.

A *Gipfel/Zipfel. Gedichte.* Verlag Franke, Köln 1999, ISBN 3-9806470-4-8.

A *Dom mit Balkon. Ein kölnisches Lesebuch.* Verlag Franke, Köln 2003, ISBN 3-9806470-5-6.

A *Chressbaum, Krepp, Prosit Neujohr,. Ein kölnisches Lesebuch.* Dabbelju-Verlag, Köln 2007, ISBN 978-3-939666-06-6.

A *Vater Rhein. Ach, Alter. Gedichte.* Dabbelju-Verlag, Köln 2010, ISBN 978-3-939666-14-1.

A *Ich heiße Kevin. Na und!.* Dabbelju-Verlag, Köln 2013, ISBN 978-3-939666-30-1.

A *Kölsche Klaaf. E Leseboch.* Verlag Regionalia, Rheinbach 2016, ISBN 978-3-95540-247-1.

A *Auch ich in Münstereifel.* Verlag tradition, Hamburg 2018, ISBN 978-3-7469-2362-8.

als Herausgeber

⅄ *Zeit in Münstereifel (zus. mit* Heinz Küpper*).* Selbstverlag, Köln 1988.

⅄ *Armand Foxius – Für den Tag. Und über den Tag hinaus. Zeitungsartikel über Münstereifel für den Kölner Stadt-Anzeiger (1958–1961).* Rass'sche Verlagsgesellschaft, Bergisch Gladbach 2011, ISBN 978-3-940171-17-7.

⅄ *Armand Foxius – Was bleibt. Zeitungsartikel über Münstereifel für den Kölner Stadt-Anzeiger (1958–1961).* Rass'sche Verlagsgesellschaft, Bergisch Gladbach 2013, ISBN 978-3-940171-24-5.

Zeitfracht Medien GmbH
Ferdinand-Jühlke-Straße 7
99095 Erfurt, Deutschland
produktsicherheit@kolibri360.de